KB197404

모히칸족의 최후

CLASSIC STARTS®: The Last of the Mohicans
Retold from the James Fenimore Cooper original by Deanna McFadden
Text © 2008 Deanna McFadden ;Questions for Discussion
and Afterword © 2008 Sterling Publishing Co., Inc.
All rights reserved
Korean Translation Copyright © 2024 by Aramy, Seoul, Korea
This Korean edition was published by arrangement
with Sterling Publishing Co., Inc., 33 East 17th Street, New York, NY 10003
through PROPONS Agency, Korea

연초록 세계 명작 16

모히칸족의 최후

초판 1쇄 발행 2024년 11월 20일
원작 제임스 페니모어 쿠퍼 **다시 씀** 디애나 맥패든 **옮김** 조현진 **그림** 김성용
펴낸곳 도서출판 아라미
펴낸이 백상우
편집 정유나 **디자인** 이하나 **마케팅** 장동철 **관리** 한찬미
로고 신명근
등록번호 제313-2009-131호
주소 서울시 마포구 토정로 192 진영빌딩 206호 **전화** 02-713-3257 **팩스** 02-6280-3257
E-mail aramy777@naver.com
ISBN 979-11-92874-25-8 74840 979-11-92874-01-2 (세트)

◆ 연초록은 도서출판 아라미의 브랜드입니다.
◆ 책값은 뒤표지에 있습니다.

제조자명 도서출판 아라미 **제조년월** 2024년 11월 20일 **품명** 어린이책 **제조국** 대한민국
모델명 연초록 세계 명작 16 **사용연령** 8세 이상
주소 서울시 마포구 토정로 192 진영빌딩 206호 **전화** 02-713-3257 **팩스** 02-6280-3257
주의 종이에 베이거나 긁히지 않도록 조심하세요. 책 모서리가 날카로우니 던지거나 떨어뜨리지 마세요.

모히칸족의 최후

제임스 페니모어 쿠퍼 원작
조현진 옮김
김성용 그림

연초록

차례

덩컨

영국군의 소령으로, 먼로 장군의 딸, 코라와 앨리스를 윌리엄 헨리 요새로 데려가는 역할을 맡았어요. 덩컨은 앨리스를 남몰래 사랑하고, 군인으로서 신념이 굳고 용감해요.

코라

먼로 장군의 큰딸이에요. 심지가 굳고 강한 성격으로, 늘 동생인 앨리스를 보호하려 애쓰지요. 자신보다 힘센 원주민들에게도 자신의 의견을 분명하게 말해요.

앨리스

먼로 장군의 작은딸이에요. 명랑하고 다정한 마음씨를 지녔어요. 어려운 상황에서도 따뜻함을 잃지 않고 코라와 덩컨, 주변 사람들을 굳게 믿고 의지해요.

마구아

휴런족 원주민으로, 프랑스군의 스파이예요. 영국군에게 길을 안내하는 길잡이인 척하며 덩컨을 속여요. 나중에 본색을 드러내고 난폭하게 행동해요.

호크아이

영국군에게 길을 알려 주는 영국인 길잡이로, 모히칸족과 아주 친하고 유머 감각이 있어요. 어려움에 처한 사람이 있으면 죽음을 무릅쓰고 돕는 정의로운 사람이에요.

칭가치국

모히칸족의 족장으로, 웅카스의 아버지예요. 주변의 작은 흔적도 예리하게 찾아내고 멀리서 들리는 소리도 뭔지 잘 알아내요. 결단력이 뛰어나 위기를 잘 헤쳐 나가요.

웅카스

모히칸족의 마지막 후손으로, 칭가치국의 아들이에요. 아버지처럼 추적 능력이 뛰어나고 용감해요. 포로가 되어서도 당당하게 옳고 그름에 대해 이야기해요.

데이비드

노래 선생으로, 아무리 어려운 상황에서도 음악과 유머를 잃지 않아요. 총에 맞아 다친 상태에서도 다른 약한 사람들을 보호하려 애써요.

1장

전쟁터

이 이야기는 프랑스와 영국이 마지막 전쟁을 벌인 지 삼 년째 되던 해를 배경으로 해요. 나중에 캐나다와 미국이 될 땅을 두고 두 나라가 싸우고 있었어요. 요새를 서로 빼앗으려고 싸움을 벌였지요. 전쟁은 끔찍했어요. 추운 겨울이면 특히나 고생이 심했지요. 그래서 병사들은 여름이 다가오는 것이 반가웠어요.

어느 깊은 밤, 둥둥 울리는 북소리에 에드워드 요새의 영국 병사들이 잠에서 깨어났어요. 프랑스의 몽캄 장군이 대규모 군대를 이끌고 강을 따라 올라오고 있다는 소식이었어요. 이에 영국의 웨브 장군은 만 오천 명의 병사들에게 먼저 강을 거슬러 올라가 윌리엄 헨리 요새로 간 다음, 그곳에서 프랑스군에 맞서 싸우라 명령했어요.

동이 트자마자, 병사들은 튼튼한 말을 타고 달려 나갔어요. 물품을 가득 실은 커다란 짐마차가 그 뒤를 따랐어요.

한편, 웨브 장군의 막사 안에서는 코라와 앨리스가 아버지에게 돌아갈 채비를 하고 있었어요. 코라와 앨리스는 윌리엄 헨리 요새를 지키고 있는 먼로 대령의 딸들이었지요. 막사 바깥에서는 덩컨 헤이워드 소령이 빠진 것이 없나 꼼꼼히 확인하고 있었어요. 그 옆에는 길을 안내할 원주민 길잡이가 서 있었어요. 길잡이의 이름은 마구아였어요.

윌리엄 헨리 요새로 가는 길은 매우 위험할 터였어요. 언제든 적인 프랑스군과 마주칠 수 있었기 때문이었어요.

말잔등에 안장을 얹고 꽉 조이던 덩컨 소령의 머릿속에는 온통 앨리스 걱정뿐이었어요. 먼로 대령의 아름다운 둘째 딸, 앨리스를 남몰래 사랑하고 있었거든요. 그래서 어떻게든 앨리스가 다치지 않고 아버지에게 돌아가길 바랐어요.

그때 덩컨 소령에게 어느 키 크고 여윈 남자가 가까이 다가왔어요. 커다란 모자를 쓰고 손에는 피리가 들려 있었어요.

남자가 덩컨에게 말했어요.

"말이 멋지군요. 흠잡을 데 없어 보입니다."

덩컨은 이상하다는 눈빛으로 남자를 쳐다보고는 말없이 하던 일을 계속했어요. 남자는 대답을 기다리며 한참을 서 있었어요. 하지만 아무 대답도 돌아오지 않자 떠나 버렸지요.

얼마 안 있어 막사 문이 열리고 코라와 앨리스가 밖으로 나왔어요. 앨리스는 참으로 고왔어요. 금빛 머리칼에 푸른 눈동자를 지닌 제법 아름다운 아가씨였지요. 덩컨은 앨리스를 말에 올려 태우고는 상냥한 미소로 눈인사를 건넸어요. 앨리스가 고맙다고 말하자 덩컨은 얼굴을 붉혔어요.

덩컨은 이내 몸을 돌려 코라도 말에 올라탈 수 있게 도왔어요. 웨브 장군이 배웅하러 밖으로 나왔어요. 덩컨과 코라, 앨리스는 작별의 인사를 하고는 말을 타고 출발했어요.

그때, 마구아가 말 위에 휙 올라타더니, 덩컨과 두 자매의 옆을 순식간에 지나쳐 앞서 달려갔어요. 쌩하고 달려가는 소리에 화들짝 놀란 앨리스의 입에서 "어머!" 하고 새된 목소리가 터져 나왔어요.

한편 코라는 앞길이 험할 걸 알고 있다는 듯, 이글이글 타는 눈빛으로 앞을 노려봤어요. 그러고는 짙은 갈색 머리칼과 눈동자가 보이지 않도록 침착하게 베일을 내렸어요.

2장
나아갈 길

깜짝 놀란 제 모습에 앨리스가 웃음을 터뜨리며 덩컨에게
말했어요.

"순간 유령이 지나가는 줄 알았어요! 저는 좀 더 용감해져
야겠는걸요. 진정한 먼로 가문답게 말이에요. 프랑스의 몽
캄 장군과 마주칠지도 모르니까요."

"마구아는 조지 호수 주변의 길을 잘 압니다. 윌리엄 헨리
요새까지 무사히 돌아갈 수 있게 마구아가 안내해 줄 테니
걱정 마십시오. 우리는 절대 프랑스군과 마주칠 일이 없을
겁니다."

덩컨이 말했어요.

"마구아하고는 잘 아는 사이인가요? 제 말은 그러니까, 그 사람을 믿나요?"

앨리스가 물었어요.

"잘 압니다. 믿기도 하고요. 훌륭한 원주민 길잡이로 알려져 있어요. 어쩌다 우연히 우리 영국군 쪽에 오게 되었는데, 자세한 이야기는 저도 잘 모릅니다. 먼로 대령님과 관계가 있는 것 같기는 합니다. 어쨌든 우리 편이라면 그걸로 됐지요."

"그런데 어쩐지 좀 무서운 느낌이 들어요. 아, 마구아와 대화를 해 보면 무섭지 않을 것 같아요. 덩컨, 마구아한테 말 좀 걸어 볼래요?"

"아, 마구아는 말을 거의 하지 않습니다. 말할 줄 알긴 하지만요. 두려워할 필요 없어요. 봐요, 멈췄잖습니까."

앞을 바라보니 정말로 마구아가 우뚝 멈춰 있었어요. 마구아는 이내 탁 트인 군용 도로가 아닌 그 옆 샛길을 가리키며 말했어요.

"이쪽입니다."

그쪽은 나무와 덤불이 빽빽한 좁은 길이었어요.

"언니, 어떻게 생각해? 저 샛길은 위험해 보여. 그냥 오늘 아침 병사들이 갔던 도로로 가면 위험할까? 저기 저 군용 도로 말이야."

앨리스가 물었어요.

코라가 대답했어요.

"프랑스군이 이미 군용 도로로 올라오고 있으면 어떡해? 혹시나 마주친다면 우린 위험해질 거야. 그러니 마구아가 안내하는 길로 가는 게 좋겠어. 그래야 우리가 몰래 움직일 수 있어. 영국 대령의 딸들이 프랑스군에 잡히는 것만은 피해야지!"

코라는 발뒤꿈치로 말 옆구리를 찬 다음 고삐를 끌어당겼어요. 그러고는 마구아를 따라 덤불 사이의 샛길로 나아갔어요. 앨리스와 덩컨도 차례로 그 뒤를 따랐지요.

산길은 험했어요. 이야기를 나누는 것도 어려웠어요. 그런데 그때 갑자기 뒤에서 뭔가 다가오는 소리가 들렸어요! 일행은 가던 길을 멈췄어요. 잠시 후, 작디작은 망아지를 타고 있는 키 큰 남자가 모습을 드러냈어요. 요새에서 덩컨에게 말을 걸던 바로 그 사람이었어요!

"당신, 군인은 아닌 것 같은데, 왜 우리를 따라오는 것입니까?"

덩컨이 소리쳤어요.

"윌리엄 헨리 요새로 가신다는 얘기를 들었습니다. 저도 그곳으로 가는 길인데 같이 갔으면 합니다. 길동무가 되어 드리겠습니다."

남자가 말했어요.

"우리한테 길동무가 필요한지 물어보지도 않았잖습니까?"

덩컨의 대꾸에 남자가 말했어요.

"생각을 많이 해 봤는데요, 음, 여러분에게는 길동무가 필요할 겁니다."

"이 길보다 더 크고 편리한 길이 있어요. 그쪽으로 가시지요."

덩컨이 쌀쌀맞게 말하자 남자가 대답했어요.

"네, 요새로 가는 그쪽 길은 저도 압니다. 그런데 병사들이 오늘 아침에 그 길로 가는 걸 봤어요. 영국군을 따라가다가 괜히 프랑스군과 마주치고 싶지 않더라고요. 그래서 이쪽 길로 왔는데, 여러분도 이 길을 알고 있는 것 같군요."

덩컨은 이 천연덕스러운 남자를 어떻게 해야 할지 몰랐어요. 그래서 이름을 물어봤어요.

"당신은 누구요? 이름이 뭡니까?"

"전 노래를 가르치는 사람입니다. 이름은 데이비드 개멋이라 하고요."

"우리한테 노래는 필요치 않습니다. 이곳에서는 조용히 있어야⋯⋯"

그때 앨리스가 덩컨의 말허리를 잘랐어요.

"오, 덩컨. 성내지 말아요. 우리와 함께 가자고 해요."

덩컨은 앨리스를 한참 쳐다보더니 마침내 두 손을 들고 말았어요. 소중한 사람의 말을 무시할 수는 없는 노릇이니까요.

모두는 계속해서 길을 따라 나아갔어요. 코라와 덩컨은 요새까지 시간이 얼마나 걸릴지 이야기하기 시작했어요. 반면 앨리스는 데이비드에게 노래를 가르치는 일에 관해 물었어요. 그러자 질문이 끝나기가 무섭게 데이비드가 목청껏 노래를 부르기 시작했어요.

덩컨이 얼른 말했어요.

"숲속을 지나고 있으니 조용히 하는 게 좋습니다. 미안해요, 앨리스. 당신이 노래를 좋아하는 건 알지만 위험한 일입니다."

"하지만 듣기 좋잖아요!"

앨리스가 대꾸하자 덩컨이 말했어요.

"전 당신과 코라의 안전만을 신경 쓸 뿐입니다. 이보시오, 선생, 미안하지만 노래를 멈춰 주십시오."

3장
호크아이와 마지막 모히칸

얼마 떨어지지 않은 숲속 깊은 개울가에 남자 둘이 앉아 이야기를 나누고 있었어요. 그중 한 명은 짙은 머리칼에 건장한 남자로, 이끼 낀 통나무 위에 앉아 있었지요. 남자의 이름은 호크아이였어요. 진한 초록빛의 낡은 사냥복에 회색 모카신(가죽 신발) 차림이었어요. 허리띠에는 날카로운 사냥용 칼이 끼워져 있었지요. 그 옆에는 사냥총이 나무에 기대어 세워져 있었고요.

호크아이는 주변 세상이 얼마나 빠르게 변하는지 모히칸족 족장 칭가치국과 깊이 있는 대화를 한참 동안 나누고 있었어요.

"내 아들 웅카스가 우리 부족의 마지막 남은 자손이라네. 모히칸족의 마지막 후손이라고. 그 애도 바깥세상으로 떠난다면 우리 부족은 더는 존재하지 않게 된다네."

칭가치국이 말했어요.

바로 그때, 젊은 전사가 달려오더니 칭가치국 옆에 앉았어요.

"아버지, 저 왔어요. 무슨 얘기하고 계셨어요?"

젊은 전사는 웅카스였어요. 웅카스가 물었어요.

"호크아이와 과거와 미래를 말하고 있었단다."

칭가치국이 답했어요.

그때, 갑자기 웅카스가 바닥에 넙죽 엎드려 귀를 기울이더니 말했어요.

"말발굽 소리가 들려요."

"늑대 소리일 수도 있지."

호크아이가 넌지시 말했어요. 칭가치국도 바닥에 엎드려 소리를 듣더니 말했어요.

"아니. 자네 같은 영국 사람들이야. 요새에서 오고 있어. 자네가 가서 말을 걸어야 해."

"무슨 소리가 들렸다면 그랬겠지! 하지만 내겐 발굽 소리

하나 안 들리거든!"

호크아이가 말하고는 씩 웃었어요.

웅카스는 조용히 하라고 손짓했어요. 다 같이 귀를 기울이자 마른 나뭇가지가 우지끈 부러지는 소리가 들렸어요.

호크아이가 속삭이듯 말했어요.

"어라, 폭포 소리인 줄 알았는데. 이제야 들리네. 부디 휴런족은 못 들었길 바라. 말 탄 사람들에게 가서 숲은 안전하지 않다고 말해 줘야겠어."

그런데 호크아이가 출발하기도 전에, 거친 말발굽 소리가 요란하게 들리더니 덩컨과 두 자매가 눈앞에 바로 나타났어요.

"누구요? 이쪽 숲에서 뭣들 하는 거요?"

호크아이가 물었어요.

"전 덩컨 소령이라고 합니다. 윌리엄 헨리 요새로 아가씨들을 모시고 가는 길이에요. 어디로 가야 할지 몰라 온종일 길 위를 헤맸습니다."

덩컨이 말했어요.

"길을 잃었습니까?"

"그런 듯합니다. 이곳이 요새에서 얼마나 멀리 떨어져 있는지 아십니까?"

덩컨의 물음에 호크아이가 소리 내어 웃었어요. 하지만 혹시나 휴런족이 들을까 봐 두려운 마음에 이내 목소리를 낮췄어요.

"당신들은 엉뚱한 방향으로 가고 있습니다. 에드워드 요새로 향하는 게 나을 거예요. 그곳에 군대가 있으니까요. 그리로 가서 웨브 장군과 이야기를 나눠 보십시오. 웨브 장군이 그곳을 지휘하고 있습니다."

그러자 데이비드 개멋이 옆으로 다가와 말했어요.

"우리가 그 에드워드 요새에서 온 거예요. 오늘 아침에 그곳을 출발했어요. 여기서 윌리엄 헨리 요새까지 얼마나 걸립니까?"

"그렇습니까? 길을 떠나기 전에 아무래도 눈에 뭐가 꼈었나 보군요. 거기서 윌리엄 헨리 요새로 곧장 통하는 큰길이 있는데 말입니다."

호크아이가 말했어요.

"그 군용 도로가 더할 나위 없이 좋다는 거 알고 있습니다. 하지만 프랑스군을 피해 가려고 그 도로 말고 샛길로 간 겁니다. 길을 잘 아는 원주민 길잡이가 우릴 그쪽으로 안내했어요. 그런데 어찌 된 일인지 우린 이렇게 길을 잃고 말았습니다."

덩컨이 말했어요.

호크아이가 덩컨을 쳐다보며 물었어요.

"원주민이 숲에서 길을 잃는다? 그것참 이상하군. 원주민 길잡이가 모호크족입니까?"

"북쪽 지역 출신인 듯 싶습니다. 아마도 휴런족?"

그 말에, 칭가치국과 웅카스가 벌떡 일어나 호크아이 옆에 섰어요.

"그 길잡이를 믿지 말았어야 했습니다."

호크아이가 말했어요.

"무슨 그런 말도 안 되는 소리를 하십니까? 그 길잡이, 마구아는 우리 편이에요. 그것만큼은 확실합니다. 자, 윌리엄 헨리 요새까지 얼마나 걸립니까? 그곳까지 데려다주면 보답을 톡톡히 해 드리겠습니다. 전 덩컨 헤이워드 소령입니다. 이 두 분은 먼로 대령의 따님들이고, 먼로 대령이 계신 윌리엄 헨리 요새로 모셔다드려야 합니다."

덩컨은 옆에서 진득하게 기다리고 있던 코라와 앨리스를 가리켰어요.

호크아이는 깜짝 놀란 표정을 지었어요.

"그렇군요. 오늘 아침 윌리엄 헨리 요새로 떠나는 사람들이 있다는 얘기는 들었어요. 난 길잡이 호크아이라고 합니다. 그런데 그쪽 길잡이, 그 마구아라는 자가 당신들을 버리고 갔다니, 내가 보기엔 참 이상하군요. 있을 수 없는 일입니다."

"저는 마구아가 멀리 먼저 앞서간 거라고 생각했습니다."

덩컨이 말했어요.

"윌리엄 헨리 요새는 여기서 말 타고 한 시간이면 갑니다. 제가 안내해 드리겠습니다. 하지만 길이 좀 험해요. 아가씨들한테는 힘들 수도 있습니다."

호크아이가 말했어요.

코라와 앨리스는 호크아이가 하는 말을 듣지 못했어요. 들었다면 화를 내며 들고일어났을 거예요. 덩컨이 대신 호크아이에게 말했어요. 두 아가씨는 비록 몸은 지쳐 있어도 분명히 말을 타고 한 시간은 거뜬히 달릴 수 있을 거라고요.

덩컨은 작은 목소리로 속삭였어요.

"마구아가 엉뚱한 길로 우리를 안내하고 있는 게 아닌가 의심이 들기 시작하더군요. 그래서 먼저 앞서가라고 보냈습

니다. 혹시나 했는데, 이제 보니 돌아오지 않을 게 분명하군
요."

"역시 그렇군요. 여기서 잠깐 기다리십시오. 마구아는 아
마 근처에 숨어 있을 겁니다. 저희가 곧 마구아를 찾아오겠
습니다. 진실과 함께 말입니다."

이내 호크아이가 칭가치국과 웅카스한테로 다가가 이야
기를 나눴어요. 세 사람은 서둘러 숲 안쪽을 향해 떠났어요.

4장
비밀 은신처

덩컨은 코라와 앨리스, 데이비드 개멋과 함께 뒤에 남았어
요. 그런데 문득 자신도 마구아를 뒤쫓고 싶어졌어요.

"코라, 앨리스! 데이비드와 여기 안전하게 있어요. 금방
돌아올게요. 저도 호크아이와 함께 마구아를 찾으러 가 보
겠습니다."

덩컨이 말했어요.

"오, 덩컨. 진실은 무엇일까요? 진정 마구아가 우릴 버렸
다고 생각해요?"

앨리스가 물었어요.

"글쎄, 마구아를 찾으면 알게 될 겁니다. 앨리스, 당신과

코라에게 무슨 일이 일어나도록 놔두진 않을 거예요. 알잖습니까."

씩 미소를 짓는 앨리스 옆에서 코라가 말했어요.

"우린 괜찮을 거예요. 우린 강한걸요. 먼로 가문의 사람이니까요. 조심히 갔다 와요!"

그런데 덩컨은 얼마 못 가서 호크아이와 칭가치국, 웅카스를 만났어요. 세 사람은 머리를 맞대고 뭔가 의논하며 서 있었어요.

"어떻게 됐습니까?"

덩컨이 물었어요.

"과연 근처에 마구아가 있었어요. 확 하니 달아나 버렸지만 말입니다. 당신들을 배신한 게 틀림없어요. 아마 우릴 곧 공격해 올 겁니다."

호크아이가 답했어요.

"자, 갑시다! 우릴 공격해 오기 전에 어서 마구아를 붙잡으러 떠나야 합니다. 이제 우린 넷이고 그쪽은 달랑 하나니까요."

덩컨이 목소리를 높이자 호크아이가 말했어요.

"음, 하지만 마구아는 함께 싸울 이들을 쉽게 불러 모을 수 있어요. 그쪽에서 우릴 먼저 찾지 못하게 조심하는 게 더 중요합니다. 그러니 계속 움직입시다."

덩컨은 하늘을 올려다봤어요. 구름이 희미해지고 있었어요. 해가 넘어가고 땅거미가 지기 시작했지요. 이 사실을 호크아이에게 알려 주고 싶었어요. 하지만 호크아이는 칭가치국과 웅카스에게 그들의 언어인 델라웨어족 말로 뭔가 이야기하고 있었어요. 그러더니 이내 세 사람은 발걸음을 옮겨 걸어갔어요.

"기다리십시오!"

덩컨이 외쳤어요.

세 사람은 멈춰 서더니 또다시 서로 이야기를 나눴어요. 얼마 안 있어 호크아이가 몸을 돌려 덩컨에게 말했어요.

"웅카스 말이 맞아요. 아가씨들을 마냥 숲에 두고 갈 순 없겠군요. 그 마구아라는 자에게 꼼짝없이 휘둘리게 할 수는 없지요."

"이미 말했잖습니까. 저와 아가씨들을 윌리엄 헨리 요새까지 데려다주면 값은 얼마든지 치르겠다고요."

덩컨이 말했어요.

호크아이가 덩컨을 쳐다봤어요.

"당신 돈은 필요 없습니다. 그냥 당신을 돕겠어요. 그게 옳은 일이니까요. 하지만 두 가지는 꼭 약속해 주세요."

"알겠습니다, 당연히 그리하겠습니다."

"첫째, 고요한 숲처럼 아무 소리도 내지 말고 잠자코 있어야 됩니다. 무슨 일이든 그냥 일어나게 돼요. 둘째, 지금부터 우리가 당신들을 데려가는 곳에 대해 아무한테도 말하면 안 됩니다."

덩컨이 고개를 끄덕였어요.

"좋습니다, 그런데 지금 요새로 가기엔 시간이 늦은 데다 위험해요. 해가 금방 저물어 깜깜해질 테니까요. 안전한 곳으로 갑시다."

네 사람은 데이비드와 앨리스, 코라가 기다리고 있는 곳으로 되돌아갔어요. 덩컨은 자매에게 마구아가 도망쳐 버렸다고 말했어요. 마구아가 자신들을 저버린 데다 해치려 들지도 모른다고 말했지요. 그렇게 덩컨 일행은 두 모히칸족과 호크아이의 안내를 받기로 했어요.

아래쪽 물가에 다다르자 칭가치국, 웅카스, 호크아이가 멈춰 서서 한동안 이야기를 나눴어요.

"말들은 풀어 줘야 합니다. 마구아와 그 일당이 강둑에서

풀을 뜯는 말들을 보면 우리가 근처에 있는 걸 눈치챌 거예요. 여기서 안전하게 빠져나가려면 모두 두 발로 걸어서 가야 합니다."

호크아이가 말했어요.

코라와 앨리스는 두려워하며 서로의 손을 꼭 잡았어요. 덩컨은 주위 나무숲을 조심스레 살폈어요. 호크아이는 말들에게서 굴레를 벗기고 자유롭게 풀어 줬어요. 그러고는 걸어 나가기 시작했어요. 모두 그 뒤를 따랐지요.

모두는 협곡에서 가까운 폭포 아래로 걸어 들어가 반대편으로 나왔어요. 그러자 호크아이가 덤불 아래에 숨겨져 있던 카누 두 척을 꺼냈어요. 그러고는 코라와 앨리스에게 올라타라고 손짓한 다음 자신도 몸을 실었어요. 덩컨과 데이비드, 칭가치국 그리고 웅카스도 나머지 한 척에 올라탔어요. 노를 저으며 앞으로 나아가는 동안 호크아이는 숲이 내는 소리 하나하나에 귀를 기울였어요.

강의 물살이 거세지기 시작했어요. 앨리스와 코라는 카누가 바위에 부딪힐까 봐 조마조마했어요. 하지만 호크아이와 모히칸족은 노를 잘 저었어요. 이윽고 바위가 많은 강변에 이르자 호크아이가 카누를 강가에 댔어요.

"여기 그대로 있어요. 우리가 먼저 가서 안전한지 보고 오겠습니다."

호크아이가 말하고는 칭가치국, 웅카스와 함께 갔어요. 얼마 후, 세 사람이 돌아와 말했어요.

"안전한 것 같습니다. 자, 이제 절 따라오세요."

호크아이가 덤불 아래에 카누를 숨기고는 바위 사이로 사라졌어요.

5장

안전한 피난처?

바위 사이로 들어서니 무성한 숲이 보였어요. 그곳에 동굴로 통하는 입구가 숨겨져 있었어요. 호크아이가 안쪽으로 들어오라는 손짓을 했어요. 바위투성이 동굴 벽 안으로 모두 안전하게 들어서자, 호크아이와 웅카스가 망을 보기 위해 다시 밖으로 나갔어요.

"우리, 이제 안전할까요, 덩컨?"

앨리스가 물었어요.

덩컨이 미처 답을 하기도 전에 호크아이가 말했어요.

"모닥불을 피우기 전에 담요로 앞뒤 입구를 가려야겠어, 웅카스. 빛이 새어 나갈지도 모르니까."

"여기 안전한 겁니까? 기습당할 위험은 없어요?"

덩컨이 소리쳤어요.

그때 동굴 뒤쪽에서 어떤 형체가 어른거렸어요. 코라와 앨리스는 깜짝 놀라 비명을 질렀어요. 하지만 그저 칭가치국이 동굴 반대편 입구로 들어선 것뿐이었어요.

호크아이가 뒤쪽으로 걸어가며 말했어요.

"보십시오, 이렇게 뒤쪽에 나가는 데가 또 있잖아요. 그러니 안전할 겁니다."

"입구가 앞뒤로 있다니, 여긴 무슨 섬 같은 곳입니까?"

덩컨이 주위를 둘러보며 물었어요.

"네, 그리고 이 동굴은 두 폭포 사이에 있습니다. 동굴 위에도, 아래에도 강이 흐르고 있지요."

호크아이가 답했어요.

모두는 저녁으로 사슴 고기를 먹었어요. 그러는 동안 웅카스는 코라와 앨리스가 불편하지 않도록 애를 썼어요. 칭가치국은 무리와 떨어져 앉아 바깥을 살폈어요.

"그나저나 당신은 누구십니까?"

호크아이가 데이비드에게 물었어요.

"전 데이비드 개멋이라고 합니다. 사람들에게 노래를 가르

칩니다.”

“거참 희한한 직업이군요. 좋은 직업이기도 하고요. 지금
조용히 노래를 부르면 어떻겠습니까? 아가씨들의 기분이 좋
아질 듯 싶네요.”

데이비드는 조용히 노래를 부르기 시작했어요. 이에 코라
와 앨리스가 함께했지요.

그때, 난데없이 들려온 이상한 울음소리에 노랫가락이 멈
췄어요. 모두 입을 꾹 다물었지요.

“무슨 소리죠?”

앨리스가 속삭였어요.

아무도 말이 없었어요. 호크아이가 칭가치국과 웅카스에
게 조용히 말을 건넸어요. 그러자 이내 웅카스가 조용히 동
굴 밖으로 나갔어요.

“무슨 소리였는지는 모르겠어요. 이 숲에서는 들어 보지
못한 소리 같습니다.”

호크아이가 말했어요.

“전투 전에 전사들이 내는 그런 소리 아닌가요?”

코라가 물었어요.

“아니에요, 전사가 울부짖는 소리는 한 번 들으면 절대 착

각할 수가 없습니다."

호크아이가 말했어요.

웅카스가 다시 안으로 들어왔어요.

"밖에서 불빛이 보이던가?"

호크아이의 물음에 웅카스가 고개를 저었어요.

"그렇다면 안전한 겁니다."

호크아이가 코라와 앨리스를 향해 말했어요. 그러고는 동
굴 뒤쪽을 가리키며 덧붙였어요.

"코라, 앨리스, 부디 가서 눈 좀 붙이세요. 데이비드도요. 내
일도 온종일 이동해야 하니까요. 그러니 좀 쉬어 둬야 합니다."

코라와 앨리스는 자리에서 일어났어요. 그러고는 덩컨에
게 함께 동굴 뒤쪽으로 가자고 했어요.

"제발 우리끼리만 내버려 두지 말아요. 아까 그 이상한 울
음소리 때문에 무서워요."

"우선 안전한지 동굴 안을 둘러보겠습니다."

덩컨이 횃불 하나를 들고는 사방팔방 비추며 찬찬히 살피
고는 말했어요.

"훌륭한 전사들이 앞을 지키고 있잖아요. 그리고 소리를
내지 않고는 그 누구도 뒤쪽으로 들어올 수 없을 겁니다. 안

심해도 좋을 거라 생각해요."

"아아, 아버지가 우리 걱정을 아주 많이 하고 계시겠죠."

앨리스가 나직이 흐느꼈어요.

"앨리스, 우린 용감해져야 해."

코라가 차분히 말했어요.

"앨리스, 당신 아버지는 용감한 군인이시잖습니까. 제가 옆에서 당신을 지킬 거란 것도 알고 계시고요. 그리 걱정하지 않으실 겁니다."

덩컨이 덧붙였어요.

"그래도 우리 아버지잖아요. 분명히 걱정하고 계실 거예요."

앨리스가 말했어요.

그때 갑자기 아까 들렸던 그 크고 새된 울음소리가 하늘을 가득 메웠어요. 호크아이가 입구에 드리워진 담요를 걷어 올리고는 밖을 내다봤어요. 앨리스, 코라, 데이비드는 덜덜 떨고 있었어요. 심지어 용기 가득했던 덩컨의 얼굴마저 움찔거렸어요.

무슨 위험한 일이 벌어지고 있는 게 틀림없었어요. 하지만 숲을 잘 아는 호크아이조차도 도무지 무슨 일인지 알지 못했지요.

6장

소리의 정체

"두 분과 데이비드는 여기 계십시오. "

호크아이가 코라와 앨리스, 데이비드에게 말했어요.

"덩컨 소령은 우리와 함께 밖을 살펴봅시다."

"우리, 위험해진 거예요?"

코라가 물었어요.

"그건 저 소리의 주인만이 알 겁니다."

호크아이가 답했어요.

"사람이 아니라 유령이면 어떡해요? 아니면 적군이 우릴 겁주려고 끔찍한 소리를 내는 걸까요?"

코라의 물음에 호크아이가 말했어요.

"사람이 내는 소리라면 전 다 알아차릴 수 있어요. 그리고 전 제 목소리만큼이나 숲에서 나는 소리를 아주 잘 알고요. 그런데도 저나 모히칸족들이나 저 소리는 뭔지 도무지 모르겠습니다."

"정말 예사롭지 않은 소리네요. 자, 나가서 무슨 소리인지 봅시다."

덩컨이 말했어요.

"저희도 함께 갈게요."

코라가 앨리스를 끌어당기며 말했어요.

"여기 그대로 있어요. 전 두 분을 지켜야 할 책임이 있어요. 저런 알 수 없는 소리가 나는데 두 분이 숲속에 가는 건 좋지 않습니다."

덩컨이 말했어요.

"하지만 덩컨, 이곳에 데이비드랑 우리 둘만 있는 것보다 당신과 호크아이, 그리고 모히칸족과 함께 있는 게 더 안전하지 않겠어요?"

코라가 물었어요. 그러자 호크아이가 말했어요.

"그 말이 맞을 수도 있습니다. 그럼, 자, 다 같이 갑시다."

바깥에는 산들바람이 선선히 불었어요. 시원한 공기에 모

두 기분이 나아졌지요. 고요한 밤이었어요. 숲속에서 움직이는 거라고는 강물과 폭포뿐이었지요. 눈동자는 전부 강기슭에 쏠려 있었어요. 아까 그 소리가 어디서 난 건지 찾아내려는 듯 눈에 불을 켜고 지켜봤어요.

"여긴 개울뿐이군요. 저 소리만 없었으면 이런 밤을 참 좋아했을 텐데. 혹시……"

덩컨이 말하고 있는데 앨리스가 갑자기 입술에 손가락을 대며 속삭였어요.

"쉬잇! 들어 봐요!"

모두 귀를 기울이자 아니나 다를까, 그 소리가 또다시 났어요.

"누구냐? 모습을 드러내라! 지금 당장 나와라!"

호크아이가 소리가 나는 쪽을 향해 외쳤어요.

그때 덩컨이 말했어요.

"잠깐! 저 소리가 뭔지 알겠습니다. 말이 곤경에 처했을 때 내는 소리예요. 아까 동굴 안에서는 소리가 울려서 그런지 이와 다르게 들렸습니다. 전투 중에 들어 본 적이 있어요. 말에게 무슨 일이 생긴 게 분명합니다."

호크아이는 웅카스더러 가서 확인해 보라고 했어요. 그러고는 모두에게 말했어요.

"동굴보다는 천막이 나을 것 같군요. 그래도 동굴로 피신해야 할지도 모르니 동굴 곁에 있는 저쪽 나무 아래에 천막을 칩시다. 동틀 녘까지 쉬면서 지켜봅시다."

잠시 뒤, 웅카스가 돌아와 말했어요. 말굽이 나무뿌리 사이에 낀 말을 정말로 발견했다고요. 웅카스는 말이 자유롭게 가도록 도와주고 돌아왔어요. 모두는 안심했어요.

천막 안에서 코라와 앨리스는 딱 달라붙어 누운 뒤 곧장 잠이 들었어요. 시간은 흘러갔어요. 데이비드도 잠을 청했어요. 덩컨은 깨어 있으려고 했지만 눈꺼풀이 자꾸만 감겼어요. 호크아이와 칭가치국, 웅카스는 자지 않고 죽 늘어서 있는 나무들 사이를 주의 깊게 지켜봤어요.

마침내 흐릿한 빛줄기가 보이기 시작했어요. 아침이 밝아오는 거예요. 호크아이는 일어나 덩컨을 흔들어 깨웠어요.

"코라와 앨리스를 깨우십시오. 갈 채비를 한 다음 강기슭에서 만납시다. 전 카누를 가져오겠습니다."

"저도 깨어 있으려고 했는데, 잠을 이기지 못했군요."

덩컨이 말했어요.

"아직 어둠이 남아 있어요. 그러니 조용히 서두르십시오."

덩컨은 부드러운 목소리로 자매를 깨웠어요. 코라와 앨리스가 깨지 않자, 둘이 덮고 있던 숄을 살짝 거뒀지요. 그러자 그걸 못하게 막으려는 듯 코라가 손을 내저었어요. 앨리스는 잠꼬대까지 했지요.

"아니에요, 아버지. 덩컨이 우리와 함께 있어요. 우릴 버리고 떠나지 않았는걸요."

덩컨은 미소를 짓고 이내 속삭였어요.

"코라, 앨리스, 일어날 시간입니다."

그때, 갑자기 사방에서 엄청난 함성과 고함 소리가 크게 울려 퍼졌어요. 코라는 벌떡 일어나 앉았고 앨리스는 비명을 질렀어요.

데이비드가 자리에서 일어나 다급히 물었어요.

"이게 도대체 무슨 소립니까?"

총소리가 탕 울렸어요. 총알이 쌩하니 데이비드의 귀를 스쳐 지나갔어요. 정신을 잃고 귀에서 피를 흘리는 데이비드를 덩컨이 붙잡았어요. 덩컨은 데이비드를 업은 채 코라와 앨리스를 동굴 쪽으로 이끌었어요.

"동굴 안에 있는 게 안전할 겁니다."

그때 호크아이가 달려와 정신을 잃은 데이비드를 보더니

물었어요.

"데이비드가 총에 맞았나요?"

"아니, 살짝 스쳤을 뿐이에요."

코라가 말했어요.

"다행이군요. 모두 여기, 동굴에서 기다리십시오. 손수건
으로 상처를 꼭 누르세요. 피를 멈춰야 해요. 심하진 않으니
금세 깨어날 겁니다."

호크아이의 말에 코라가 허리춤에서 스카프를 꺼내 시키
는 대로 했어요.

숲에서는 '와!' 하고 외치는 소리와 고래고래 내지르는 고
함 소리가 들렸어요.

호크아이는 동굴 밖에 있는 웅카스와 칭가치국에게로 쏜
살같이 갔어요. 이윽고 데이비드가 정신을 차리자 덩컨이
벌떡 일어났어요.

"덩컨, 가지 마세요!"

앨리스가 덩컨을 붙잡았어요.

덩컨은 앨리스가 자신을 걱정해 주어서 기뻤어요. 이내
다정한 미소를 지으며 말했어요.

"제가 해야 할 일입니다. 고함 소리를 들어 보니 적들은

사십 명은 족히 될 거예요. 가서 호크아이를 도와야 합니다. 괜찮을 거예요, 약속합니다."

덩컨은 밖으로 스르르 빠져나갔어요. 동굴 앞쪽 바위에 있는 호크아이 옆으로 가서 몸을 숙였지요. 덩컨과 호크아이는 강 건너에 자리 잡은 적들의 모습을 지켜봤어요. 적들은 강을 건너오려고 했지만 물살이 너무나도 셌어요. 적의 전사 하나가 물속으로 빨려 들어갔지요. 덩컨은 하마터면 벌떡 일어나 물에 빠진 적을 도우러 갈 뻔했어요.

"잠깐, 지금 나가면 우린 적의 눈에 뜨이고 말 겁니다."

호크아이가 작은 목소리로 말하고는 휘파람 소리를 휙 냈어요. 그러자 웅카스가 재빨리 옆에 나타났어요. 그 다음 순간이었어요. 마구아와 세 명의 적이 언제 강을 건넜는지, 앞쪽 숲에서 확 트인 곳으로 풀쩍 튀어나왔어요. 그곳은 동굴에서 꽤 떨어져 있었지만 적들이 내는 고함 소리는 하늘에 쩌렁쩌렁 크게 울렸어요. 호크아이와 웅카스는 마구아와 적들이 가까이 다가올 때까지 진득하게 기다렸어요.

드디어 적들이 다가오자 커다란 싸움이 벌어졌어요. 날카롭고 급박하게 외쳐 대는 소리가 들렸어요. 발과 주먹이 여기저기서 날아들었지요. 덩컨은 온 힘을 끌어모아 싸웠어요.

마침내 적들을 모두 물리친 호크아이가 외쳤어요.

"빨리! 동굴 쪽으로 가!"

웅카스가 '와!' 하고 소리를 내지르며 뛰어갔어요. 덩컨과 호크아이가 그 뒤를 따라 동굴 쪽으로 달려갔어요.

7장

나무에서 날아든 총알

칭가치국은 자기 위치에 그대로 남아 있었어요. 그사이 호크아이는 안전하고 구석진 곳에 엎드려 숲속을 유심히 지켜봤어요. 그곳에서는 적의 작은 움직임이나 조그만 소리도 잘 알아챌 수 있었어요. 웅카스는 나무 뒤에 선 채 주변을 날카롭게 살펴보고 있었어요.

"총알 낭비를 하라지! 하나도 안 무섭거든."

호크아이가 중얼거리더니 작게 웃어 댔어요.

덩컨은 호크아이 옆에 딱 붙어 있었어요.

"웅카스에게 큰 빚을 졌습니다. 동굴에서 막 빠져나왔을 때 한 놈에게 잡힐 뻔했거든요. 그때 웅카스가 절 구해 줬어요."

문득 웅카스가 옆에 불쑥 나타나더니 덩컨의 등을 두드리며 말했어요.

"친구?"

"물론이야!"

덩컨이 웃으며 고개를 끄덕였어요.

바로 그 순간, 총알이 '쌩' 하고 날아들더니 옆 바위에 맞아 '탕!' 하고 튀었어요. 그 바람에 덩컨이 화들짝 놀랐어요. 조용히 하라는 뜻으로 웅카스가 손으로 입을 가렸어요. 그러고는 적이 올라가 숨어 있는 참나무를 가리켰어요.

"어서, 웅카스! 서두르자."

호크아이가 속삭였어요.

호크아이와 웅카스, 덩컨, 그리고 칭가치국은 잽싸게 일어나 참나무 쪽으로 내달렸어요. 한참을 싸운 끝에 적이 나무에서 떨어졌어요.

잠시 뒤 호크아이가 말했어요.

"웅카스, 카누로 돌아가서 화약하고 총알을 더 가져와야 해."

호크아이는 빈 화약통을 보여 주었어요. 웅카스는 곧바로 카누가 있는 쪽으로 힘껏 내달렸어요. 그런데 얼마 뒤, 덩컨과 호크아이는 웅카스가 외치는 소리를 들었어요. 문제가 발생했다는 신호였지요. 덩컨과 호크아이는 얼른 언덕 아래로 달려갔어요. 그러자 총알이 사방팔방에서 날아들었어요. 적들이었어요!

웅카스의 외침을 들었는지 코라와 앨리스, 정신을 차린 데이비드까지 물가로 달려 나왔어요. 거기서 모두는 카누가 떠내려가는 모습을 지켜봤어요. 적 하나가 덤불 속에 숨겨진 카누를 발견하고는 화약과 총알은 챙기고 카누는 강으로 밀어 버린 거예요.

"이미 늦었어! 다 놓쳤어. 화약도 총알도 전부 다."

호크아이가 소리쳤어요.

그러자 강 건너편에서 이 모습을 보고 있던 마구아가 기뻐하며 함성을 질렀어요.

"이제 어쩝니까? 우린 어떻게 되는 겁니까?"

덩컨이 물었어요.

강 너머에서 들려오는 휴런족의 웃음소리를 듣자 호크아이는 분해서 얼굴이 붉으락푸르락해졌어요. 호크아이는 아무 말도 하지 않았지요.

"상황이 그리 절망적인 건 아니잖아요. 우린 여전히 싸울 수 있어요!"

데이비드가 비틀거리며 외쳤어요.

하지만 칭가치국은 패배의 뜻으로 원주민 도끼와 독수리 깃털을 내려놓았어요.

그때, 코라가 빤히 남자들을 쳐다보더니 말했어요.

"다 같이 죽을 필요 없잖아요? 여러분들은 어서 숲으로 달아나세요. 가세요, 우린 이미 너무 큰 빚을 졌어요."

"아가씨들을 여기다 두고 말이오? 절대 그럴 수는 없습니다. 게다가, 숲으로 간들 무사할 턱이 없어요."

호크아이가 대답했어요.

"그렇다면 강을 타고 달아나세요."

코라가 단호히 말했어요.

"말도 안 되는 소리 하지 말아요! 내가 당신 아버지라도 딸들을 버린 자들을 용서할 수 없을 겁니다."

호크아이가 날카로운 목소리로 말했어요.

"저들은 남자들을 다 죽일 거예요. 하지만 여자들을 바로 죽이진 않을 거라고요. 제발 아버지가 계신 곳으로 가서 우리가 여기에 있다고 말씀드리세요. 휴런족한테 쫓겨 북쪽 숲으로 달아났다고요. 아버지의 병사들이 서두르면 우릴 구할 수 있다고 가서 전하세요."

호크아이는 칭가치국과 웅카스에게 말을 전달했어요. 칭가치국이 진지하게 듣더니 손을 흔들며 말했어요.

"좋습니다."

칭가치국은 도끼를 도로 허리띠에, 독수리 깃털은 머리에 끼웠어요. 이내 웅카스와 호크아이에게 고갯짓을 하더니 암벽 끝자락까지 내달린 다음 물속으로 풍덩 뛰어들었어요.

호크아이가 코라를 쳐다보며 말했어요.

"당신은 참으로 용감하군요. 저들에게 잡혀가거든 가는 길목마다 작은 나뭇가지를 꺾으세요. 그리하면 우리가 당신을 찾을 수 있을 겁니다."

호크아이는 몸을 돌려 칭가치국과 같은 방식으로 갔어요. 웅카스만이 남아 있었어요.

"난 여기 있을 거요. 당신들을 운명에 맡겨 두고 떠날 순 없소."

웅카스가 천천히 그리고 분명하게 영어로 말했어요.

"아니에요. 부디 가서 저희 아버지를 찾으세요. 우린 여기에 잘 숨어 있을게요. 당신들이 올 때까지 잘 있을게요."

코라가 말했어요.

웅카스는 잠시 찜찜한 표정을 지었어요. 그러나 이내 코라가 시키는 대로 했지요. 웅카스도 마찬가지로 암벽 끝자락에 선 다음 물속으로 뛰어들었어요. 코라는 마지막으로 한 번더 웅카스를 쳐다본 뒤, 몸을 돌려 덩컨에게 말했어요.

"덩컨, 당신도 수영할 줄 알잖아요. 이제 당신 차례예요."

"하지만 두 분을 보호하는 게 제 임무입니다. 그리고 전……, 전 앨리스를 두고 떠날 수 없어요."

덩컨이 머뭇대며 말했어요.

"지금까지 훌륭히 임무를 해냈어요. 그러니 이제 가서 저희 아버지를 찾으세요. 기껏해야 우릴 포로로 잡기밖에 더하겠어요? 군인인 당신이 여기 있으면 우리 모두 죽어요. 제 말이 맞는다는 거, 당신도 알잖아요! 제발요, 덩컨! 앨리스는 제가 지킬게요."

덩컨은 아무 말도 하지 않았어요. 겁에 질린 앨리스를 바라보니 도저히 떠날 수 없었어요.

"포로로 잡히는 것보다 더한 일도 있습니다. 당신들만 두고 떠나지 않겠어요."

코라는 덩컨을 설득할 수가 없었어요. 데이비드도 덩컨과 함께 남기로 했지요.

호크아이와 두 모히칸이 떠났으니, 덩컨이 혼자 동굴 밖을 지키고 섰어요. 코라와 앨리스는 동굴 안에 몸을 숨기고 있었지요. 들리는 것이라고는 흐르는 물소리뿐이었어요. 과연 숲에 사는 동물이 있을까 싶을 정도로 개미 새끼 한 마리 얼씬하지 않았어요. 강둑에도 아무도 없었어요. 덩컨은 저 멀리 있는 적들이 보이지도 들리지도 않았어요. 하지만 어딘가 있다는 것만은 의심치 않았어요.

덩컨은 동굴 안으로 들어가 입구 근처에서 쉬고 있는 데이비드에게 말했어요.

"휴런족은 코빼기도 안 보이는군요. 그래도 당분간은 숨어 있어야 합니다."

"아, 머리가 무지 아프네요. 여하튼 쉬게 해 줘서 고마울 따름입니다."

데이비드가 말했어요.

"담요를 걸어야겠습니다. 기운 좀 차렸습니까? 앨리스와 코라한테로 갑시다."

덩컨이 말했어요.

덩컨과 데이비드는 담요를 들어 올려 모히칸족이 했던 대로 똑같이 걸어 놓았어요. 이제 모닥불을 피우면 바깥에서 빛이 보이지 않을 터였지요.

덩컨은 데이비드를 부축하며 동굴 뒤쪽으로 걸어갔어요. 바닥에는 사사프라스 나무를 깔아 놓은 잠자리가 있었어요. 데이비드는 기꺼이 그 위에 누워 따스한 담요를 덮었어요.

덩컨이 코라를 보며 말했어요.

"목숨이 붙어 있는 한 희망이 있습니다."

덩컨은 이내 훌쩍이고 있는 앨리스를 바라봤어요.

앨리스가 눈물을 훔치며 말했어요.

"보세요, 덩컨. 저 이제 마음이 좀 가라앉았어요. 안 보이는 곳에 숨었으니 틀림없이 무사할 거예요."

덩컨이 무릎을 꿇더니 앨리스의 손을 꼭 잡았어요.

"당신과 코라처럼 용감한 사람이 둘이나 옆에 있으니 전 두렵지가 않습니다."

잠시 뒤, 덩컨은 일어섰어요. 동굴 앞쪽으로 나가 밖을 살펴봤지요.

데이비드가 어느새 일어나 앉더니 가만가만 피리를 불었어요. 그러더니 노래를 부르기 시작했어요.

코라가 소곤소곤 말했어요.

"노래 부르면 위험하지 않겠어요?"

"폭포 떨어지는 소리에 묻혀 들리지 않을 거요."

덩컨이 대답했어요.

데이비드는 노래를 부르고 또 불렀어요. 코라와 앨리스는 그런 데이비드를 상냥한 눈빛으로 바라봤어요. 덩컨조차도 미소를 짓지 않을 수가 없었지요. 하지만 행복했던 순간도 오래가진 못했어요. 불현듯 밖에서 시끄럽게 외치는 소리가 들렸어요.

"잡히고 말았네요! 이제 끝났어요."

앨리스가 작은 목소리로 말했어요.

"아직 아닙니다. 저 소리는 섬에서 나는 거예요. 폭포가 우릴 지켜 주고 있어요."

덩컨이 말했어요.

모두 입을 다물고 조용히 했어요. 이윽고 사방에서 외치고 고함을 질러 대는 소리가 들렸어요. 한 번은 소리가 동굴 입구 가까이서 났어요. 그래서 덩컨은 들킨 줄 알았지요.

"자, 뒤쪽에 이어진 작은 동굴로 옮겨 갑시다. 어서요."

덩컨이 속삭였어요.

코라와 앨리스는 데이비드를 부축하여 걸어 놓은 담요 뒤쪽으로 서둘러 자리를 옮겨 갔어요. 바로 그때였어요. 휴런족이 동굴의 앞쪽 입구를 찾아냈어요. 깔아 놓은 사사프라스 나무를 뒤집어엎고는 흥분의 함성을 내질렀어요. 다행히도 뒤쪽 입구는 보질 못했지요.

얼마 뒤, 휴런족이 떠나자 덩컨이 '휴~' 하고 한숨을 내쉬었어요.

"그들은 갔습니다. 또 한 번 살았네요. 모두 여기 있어요. 확인차 보고 오겠습니다."

코라도 따라나섰어요. 그런데 동굴 밖으로 미처 나오기도 전에 무언가를 발견하고는 얼굴이 새하얗게 질리고 말았지요. 마구아였어요!

덩컨도 마구아를 알아봤어요. 하지만 마구아는 코라와 덩컨을 보지 못했어요. 눈동자가 아직 어두운 동굴에 적응하지 못했기 때문이지요. 덩컨은 마구아를 향해 권총을 쐈지만 빗나갔어요. 놀란 마구아가 덩컨을 알아보고는 소리를 질렀어요. 그러자 순식간에 동굴 안이 휴런족으로 가득 찼어요.

8장
머나먼 여정

덩컨과 코라, 앨리스 그리고 데이비드를 붙잡은 휴런족은 동굴을 샅샅이 뒤졌어요.

"뭘 찾는 건가?"

덩컨이 마구아에게 물었어요.

"라 롱 카라빈. '기다란 소총'이란 뜻이지. 당신들이 호크아이라고 부르는 자 말이야. 호크아이와 함께 다니는 모히칸족 놈들은 우리 부족의 적이야. 모두 어디에 있지? 바른대로 말하지 않으면 여자들을 죽이겠다."

마구아가 말했어요.

"호크아이는 떠났다."

덩컨의 말에 마구아가 따져 물었어요.

"시체가 어딨지? 어디 가면 찾을 수 있나?"

"죽은 게 아니고, 도망쳤다."

덩컨이 답했어요.

"모히칸 놈들도?"

"모히칸족들은 강 아래로 헤엄쳐 갔다. 찾지 못할 거다."

마구아가 돌아서서 호크아이와 모히칸족이 간 방향을 부하들에게 설명했어요. 직접 두 눈으로 보기 위해 몇몇은 강으로 달려 내려갔어요. 어떤 이들은 호크아이와 모히칸족을 놓친 게 분해서 화를 내며 동굴 벽을 쾅쾅 내리쳤지요.

이내 코라, 앨리스, 덩컨, 데이비드는 동굴 밖 강가로 끌려갔어요. 적들은 네 명의 포로들을 강제로 카누에 태운 채 강을 건넜어요. 뭍에 다다르자마자 휴런족의 반이 말에 올라타더니 호크아이와 모히칸족을 잡으러 서둘러 갔어요. 코라와 앨리스, 데이비드, 덩컨은 마구아와 그 부하들 곁에 남게 됐어요.

덩컨은 프랑스의 몽캄 장군에게로 곧장 끌려갈 거라고 생각했어요. 그래서 덩컨은 가만히 마구아에게 말을 걸었어요. 윌리엄 헨리 요새로 데려가 주면 돈을 주겠다고 말했지요.

"그만! 내가 말 걸기 전까진 말하지 마."

마구아가 말했어요.

마구아와 부하들은 코라와 앨리스를 각각 말안장에 앉혔어요. 그들은 포로를 이끌고 앞으로 나아가기 시작했어요. 덩컨은 코라와 앨리스의 말 옆에 딱 붙어 걸어갔어요. 귀를 다친 데이비드도 걸어야만 했어요. 데이비드는 여전히 지독한 두통에 시달렸어요.

마구아와 부하들은 윌리엄 헨리 요새와는 반대 방향으로 향했어요. 이쪽으로 갔다 저쪽으로 갔다 구불구불한 길을 따라갔지요. 덩컨은 그들이 일부러 그런다는 걸 알고 있었어요. 그래야 아무도 마구아가 있는 곳을 찾지 못할 테니까요. 멈춰 설 기미도 없이 머나먼 길을 하염없이 걷고 또 걸었어요.

코라는 호크아이가 했던 말이 기억났어요. 잡혀가거든 나뭇가지를 부러뜨려 흔적을 남기라는 말을요. 그래서 가느다란 팔을 뻗어 눈앞의 잔가지를 꺾었어요. 마구아의 부하들이 항상 지켜보고 있었기 때문에 쉽지는 않았어요. 한 번은 떨어진 장갑을 줍는 척하고 나뭇가지를 부러뜨릴 수 있었지요.

"잠깐! 다 봤소!"

마구아가 소리쳤어요.

마구아는 말을 탄 채로 재빨리 코라 쪽으로 다가갔어요. 곧 말에서 풀쩍 뛰어내리더니 땅에 떨어진 장갑을 집어 들었어요.

"이런 속임수는 멈추시오. 이제 더 이상 용서하지 않겠소."

마구아는 부하에게 다른 쪽 길로 가서 나뭇가지를 꺾으라고 시켰어요.

온종일 솔숲을 지나 험난한 길을 따라 걷기도 하고 개울을 건너기도 했어요. 어디로 가는지 정확히 아는 듯 마구아는 재빠르게 움직였어요. 없는 길도 원래 있었던 양 쉬이 말을 몰고 갔지요.

마침내 풀밭에 다다랐어요. 마구아는 코라와 앨리스에게 말에서 내려오라고 손짓했어요. 그러고는 다 함께 커다란 언덕으로 올라갔어요. 꼭대기에 이르자 평평하고 나무로 뒤덮인 땅이 보였어요. 마구아는 편하게 바닥에 널브러지더니 다른 사람들에게도 쉬라고 했어요.

높은 언덕에서는 아래가 훤히 내려다보였기 때문에 몰래 접근하기가 쉽지 않았어요. 그래서 그곳은 마음 놓고 쉬기

딱 좋은 곳이었지요.

덩컨은 다시 한 번 마구아에게 말을 걸어 보기로 마음먹었어요.

"아가씨들을 그 아버지인 먼로 대령에게 돌려보내면 엄청난 보상을 받을 거요."

덩컨의 말에 마구아가 벌떡 일어나 말했어요.

"먼로 대령은 매정한 사람이다. 찔러도 피 한 방울 안 나올 테지."

덩컨이 말했어요.

"엄한 분이시긴 하오. 하지만 코라와 앨리스를 사랑하신다오."

그러자 마구아는 이상한 표정을 지었어요. 덩컨은 어찌해야 할지를 몰랐어요.

곧 마구아가 말했어요.

"갈색 머리 여자에게 내가 단둘이 이야기하고 싶다고 말하라."

덩컨은 내키지 않았지만 할 수 없이 코라를 불러왔어요. 덩컨은 코라에게 작은 목소리로 속삭였어요.

"당신 아버지께서 해 주실 만한 걸 마구아에게 제안해 보십시오. 그럼 우리를 살려 줄지도 모릅니다."

코라는 고개를 끄덕였어요. 엄청난 위험에 빠져 있다는 것을 코라도 알고 있었지요.

마구아는 덩컨을 쳐다보더니 말했어요.

"당신은 가라."

덩컨은 움직이지 않았어요. 하지만 이내 코라가 말했어요.

"괜찮아요. 부디 가서 앨리스가 괜찮은지 살펴봐 주세요."

코라는 마구아에게 몸을 돌려 침착하게 말했어요. 속으로는 몹시 떨고 있었지요.

"먼로 대령의 딸에게 무슨 할 말이 있죠?"

마구아는 코라에게 이야기 하나를 들려줬어요. 코라의 아버지인 먼로 대령과 함께 전투를 치렀다고 했어요. 하지만 대령의 명령을 따르지 않았다며 벌을 받았다고 했어요. 대령은 마구아를 직접 때렸고 부하들 앞에서 웃음거리로 만들었다고요. 마구아는 복수하려고 코라와 앨리스를 잡아 온거라 말했어요. 게다가 그중 한 사람은 영원히 데리고 있을 작정이었고요!

"복수하는 것보다는 아버지한테서 돈을 받는 게 더 나을 텐데요."

코라가 말했어요.

하지만 마구아는 그저 웃으며 저만치 걸어갔어요.

그때 갑자기 힘센 남자 둘이 덩컨을 홱 움켜잡았어요. 다른 둘은 데이비드를 잡았지요. 덩컨과 데이비드는 맞서 싸우려고 해 봤지만, 결국 두 사람은 나무에 묶였어요. 코라와 앨리스 역시 묶이고 말았지요. 앨리스는 울면서 덩컨을 바라봤어요. 부하들은 코라와 앨리스를 비웃으며 괴롭혔어요. 나뭇가지로 찔러 대며 깔깔깔 웃기도 했지요.

그때 누군가가 앨리스의 머리를 향해 도끼를 던졌어요. 가까스로 빗나가긴 했지만, 머리카락이 한 움큼 잘려 나갔어요. 덩컨은 너무 화가 난 나머지 묶였던 끈을 끊고 도끼를 던진 사람한테로 달려갔어요. 둘은 몸싸움을 벌였어요. 마구아의 부하가 칼을 들고 덩컨을 찌르려던 바로 그때, '쌩!' 하는 소리와 함께 '쩍!' 하고 갈라지는 소리가 들렸어요.

그 순간 언덕의 숲에서 호크아이와 웅카스, 칭가치국이 쏜살같이 달려 나왔어요. 그들은 덩컨과 싸우던 남자를 죽였지요. 동족이 쓰러져 죽는 모습에 분노한 휴런족은 그 주위를 둘러싸고는 울부짖기 시작했어요. 엄청난 싸움이 일어났어요. 덩컨도 호크아이, 웅카스, 그리고 칭가치국과 나란히 싸움에 나섰어요.

그때 도끼 한 자루가 날아와 코라의 어깨를 스치고 지나 갔어요. 코라를 묶어 뒀던 나무에 도끼가 박히며 묶였던 밧 줄이 뎅강 끊어졌어요. 코라는 앨리스도 풀어 주려고 급히 달려갔어요. 하지만 밧줄을 끊을 수가 없었어요. 그저 무릎 을 꿇은 채 앨리스 옆에 주저앉고 말았지요.

마구아의 부하는 전부 죽고 말았어요. 마구아는 칭가치국 과의 싸움에서 헤어나질 못했어요. 마구아와 칭가치국은 언 덕의 벼랑 끝까지 뒹굴었어요. 칭가치국은 마지막 남은 힘 까지 쥐어짜 마구아를 벼랑으로 밀어 떨어뜨렸어요.

웅카스와 덩컨은 코라와 앨리스가 있는 곳으로 황급히 달 려갔어요. 그러고는 코라의 품에 기대어 있는 앨리스를 풀 어 줬어요.

호크아이는 승리의 함성을 내질렀어요. 하지만 그때 마구 아가 언덕 아래로 쏜살같이 달려가는 것을 보았어요. 마구 아는 떨어져 죽지 않았던 거예요. 마구아는 모히칸족의 손 아귀에서 벗어나려고 힘껏 달렸어요. 웅카스와 칭가치국은 마구아를 뒤쫓기 시작했어요.

"그만둬! 마구아는 덜렁 혼자에다 무기도 없으니 아무것

도 못할 거야!"

호크아이가 소리쳤어요.

웅카스와 칭가치국은 마구아를 놓치고 싶진 않았지만, 호크아이의 말이 맞다는 걸 알았어요. 그래서 더 이상 뒤쫓지 않고 모두에게 돌아왔어요.

"이제 자유의 몸이에요! 덩컨도 싸움에서 다치지 않고 무사하고요!"

앨리스가 기쁜 목소리로 외쳤어요.

그때 모두는 문득 데이비드가 여전히 묶여 있다는 것을 깨달았어요. 호크아이가 밧줄을 끊어 데이비드를 풀어 줬어요. 그사이 덩컨과 웅카스는 코라와 앨리스를 일으켜 주었어요. 그러고는 모두 다 함께 마구아의 말이 풀을 뜯고 있는 언덕 아래까지 내려갔어요.

코라와 앨리스는 말에 올라탔고 나머지는 걸었어요. 이윽고 개울을 건너 느릅나무 그늘 아래로 난 작은 골짜기에 다다랐어요. 그곳에서 물을 마신 다음 먹을 것을 마련했어요.

모두가 자리를 잡고 앉자 덩컨이 물었어요.

"우릴 어떻게 찾은 겁니까?"

호크아이가 웃으며 답했어요.

"우린 강기슭에 숨어서 휴런족을 지켜봤어요."

"그럼 모든 걸 봤겠군요!"

덩컨이 말했어요.

"다는 아닙니다. 숨어 있었으니까요. 하지만 전부 다 듣기는 했어요. 말이 남긴 발자국을 보고 따라왔습니다."

호크아이가 답했어요.

"모두를 구한다며 무모하게 뛰어들려는 웅카스를 막느라 아주 힘들었습니다. 적당한 때를 기다려야 했어요. 기습 공격을 해도 된다는 확신이 들 때까지 말입니다."

말하는 동안 호크아이는 덩컨에게 물이 든 바가지를 건넸어요. 덩컨은 길게 한 모금 들이켰어요. 식사가 끝나자, 가야 할 때가 됐다고 호크아이가 말했어요. 코라와 앨리스는 마지막으로 한 번 더 아름다운 샘을 둘러보고는 말에 훌쩍 올라탔어요. 모두는 좁다란 길을 따라 북쪽으로 서둘러 이동했어요.

9장
숲속의 유령

호크아이는 마구아가 뒤쫓아 오지 못하게 지나온 흔적을 감췄어요. 한참을 걸어간 다음, 커다란 나뭇가지를 옆으로 밀어젖혀 덤불 사이로 길을 텄어요. 그런 뒤 앞장서 모두를 낡은 오두막으로 이끌었어요. 오두막 지붕은 당장이라도 무너질 것만 같았어요. 그래도 벽은 단단했어요. 코라와 앨리스는 머뭇거리며 말에서 내렸어요. 다 쓰러져 가는 곳으로 들어가기가 두려웠지요.

"숲에 숨어 있는 게 더 낫지 않습니까?"

덩컨이 물었어요.

"아, 이 오두막은 생각보다 튼튼합니다. 아는 이가 없어

안전하기도 하고요."

호크아이가 답했어요. 그러고는 수년 전에 그곳에서 벌어졌던 엄청난 전투에 대해 들려줬어요. 이야기를 듣고 나자 코라와 앨리스는 그런 전투가 벌어졌던 곳에 있다는 사실에 더욱 두려워졌지요. 하지만 호크아이는 유령이 괴롭힐 일은 없을 거라며 안심시켰어요!

이내 모히칸족과 호크아이가 일어나 일하기 시작했어요. 코라와 앨리스를 위해 풀과 나뭇잎으로 잠자리를 만들었지요. 밤나무 새순으로 오두막 지붕을 덮었고요. 이윽고 자매는 낡은 오두막 한쪽 구석에서 단잠에 빠져들었어요.

덩컨이 코라와 앨리스 옆에 앉자 호크아이가 말했어요.

"좀 쉬십시오. 오늘 밤 보초는 칭가치국이 할 겁니다."

덩컨은 괜찮다고 했지만 호크아이가 끈질기게 권했어요. 이윽고 칭가치국만 빼고 모두가 눈을 감았어요. 칭가치국은 꼿꼿이 앉은 채 털끝 하나 꿈쩍거리지 않았어요. 온갖 것을 보고 들었지요. 부엉이와 쪽독새 울음소리, 하물며 숲속 바닥을 돌아다니는 작은 벌레 소리까지도요.

시간이 흘러 마침내 칭가치국이 덩컨의 어깨를 흔들고는 나직이 말했어요.

"이제 가야 합니다."

덩컨이 끄덕였어요.

"코라, 앨리스, 데이비드를 깨우겠소."

"이미 일어났는걸요. 갈 준비됐어요."

앨리스가 다정하게 말했어요.

"잠들 생각은 없었습니다. 앨리스, 당신을 위험에 빠지게 한 뒤로 전 맹세했거든요. 당신이 무사할 때까지 절대 쉬지 않겠다고요."

덩컨이 말했어요.

앨리스가 씩 웃으며 말했어요.

"당신은 좋은 사람이에요, 덩컨. 고마워요."

"쉿! 모히칸족한테 무슨 소리가 들리나 봅니다."

호크아이가 말했어요.

덩컨은 호크아이와 함께 살금살금 밖에 나가 무슨 일인지 알아봤어요.

"사람 발자국입니다! 마구아의 발자국 같아요. 우리가 지나온 길을 찾았나 봅니다."

호크아이가 말했어요. 호크아이는 덩컨더러 말을 오두막 안으로 밀어 넣으라고 했어요. 그리고 나서 모두 오두막 안에 몸을 웅크리고 있었어요.

얼마 뒤, 바깥에서 사람의 목소리가 들렸어요. 덩컨과 호크아이, 모히칸족은 오두막 벽을 덮은 널빤지 조각 사이로 밖을 뚫어져라 내다보았어요. 휴런족 스무 명이 모여서 떠들고 있었어요. 오두막 주변을 돌아다닐 때마다 나뭇가지 부러지는 소리가 났어요.

오두막 안으로 막 들어오려던 휴런족이 갑자기 멈춰 섰어요. 이전에 있었던 전투의 흔적을 발견한 거예요. 도끼로 나무를 내리친 흔적과 부러진 화살들, 그리고 바닥에 난 총알 자국이 있었어요. 그것들을 본 마구아와 부하들은 새하얗게 질린 얼굴로 후다닥 달아났어요.

이윽고 오두막 안에서는 멀어져 가는 발걸음 소리만이 들렸어요. 호크아이는 위험이 사라질 때까지 기다렸다가 모두 밖으로 데리고 나왔어요.

모두는 조용히 움직이며 이동했어요. 그러다 마침내 작은 개울둑에 이르렀어요. 호크아이는 모카신을 벗더니 덩컨과 모히칸족들에게 똑같이 따라 하라고 손짓했어요. 호크아이는 이내 물속으로 들어가 개울 바닥을 따라 걸어갔어요. 물속을 걸으면 발자국이 남지 않으니까요. 코라와 앨리스는 말에 탄 채 개울을 따라 이동했어요. 호크아이는 물가로 나와 흙바닥을 밟자마자 자신들 뒤로 이어진 사람과 말의 발자국을 부지런히 지웠어요.

이제 산으로 향하는 길에 올랐어요. 호크아이가 멈칫하더니 말했어요.

"이곳 너머에 아마 병사들이 부대를 이루고 있을 겁니다. 프랑스군이 여기까지 치고 올라왔다면 말이지요."

"이곳은 윌리엄 헨리 요새와 가깝습니까?"

덩컨이 물었어요.

"꽤 먼 길이 아직 남아 있어요."

호크아이의 답에 덩컨이 말했어요.

"그럼 서둘러야겠습니다. 제 생각에 프랑스와 영국 간의 전투가 곧 시작될 듯해요. 아마 요새 주변에서 싸울 겁니다."

"그럼 이쪽으로 가면 안 되겠군요. 한창 전투 중에 걸어 들어가면 안 되니까요. 산을 돌아서 반대 방향에서 올라가야겠습니다."

호크아이가 말했어요.

덩컨이 고개를 끄덕였어요. 모두 이내 길을 떠나 천천히 움직였어요. 날은 어두운 데다 길은 바위투성이였어요. 구불구불한 길을 따라 언덕으로 올라갔어요. 얼마나 지났을까? 어느새 어둠이 걷히고 동이 텄어요.

호크아이가 코라와 앨리스를 말에서 내리게 했어요. 그러고는 말을 자유롭게 풀어 줬어요.

"말이 안 필요합니까?"

덩컨이 물었어요.

"저길 보십시오. 여기서 프랑스 몽캄 장군의 진영이 보이잖아요. 몸을 낮춰야 해요."

호크아이가 말했어요.

모두는 진영에서 삼백여 미터 떨어진 높은 언덕에 서 있었어요. 그곳에서 저 멀리에 있는 윌리엄 헨리 요새가 보였지요. 요새 주변에 몽캄 장군의 프랑스군이 피운 모닥불과 하얀 천막 그리고 전쟁에 필요한 물건들이 자리 잡고 있었어요.

"숲에는 몽캄을 따르는 원주민들이 많습니다. 요새까지 안전하게 가기에는 어쩌면 너무 늦었을지도 모른다는 생각이 드네요. 분명 원주민들한테 잡히고 말 겁니다."

호크아이가 말했어요.

"시도라도 해 봐요. 윌리엄 헨리 요새로 꼭 가야 해요."

코라의 말에 호크아이가 한참을 망설였어요. 호크아이는 이윽고 고개를 끄덕였어요.

"그럼 안개 뒤에 숨어서 가 봅시다. 하지만 서둘러야 합니다!"

그들은 올라오느라 그토록 오래 걸렸던 산을 반대쪽으로 쏜살같이 달려 내려갔어요. 풀밭에 이르자 길이 나왔어요. 하지만 호크아이는 이렇게 계속 가다가는 위험하다고 말했어요. 그러자 덩컨이 호크아이를 설득했어요. 앞으로 계속 나아가야 한다고요.

"서로 붙어 있으십시오. 그래야 안개 속에서 길을 잃지 않아요."

호크아이가 말했어요.

바로 그때 윌리엄 헨리 요새에서 '쾅!' 하고 대포 터지는 소리가 났어요. 발아래 땅이 흔들렸어요. 웅카스가 소리 난 곳을 손으로 가리켰어요. 그러고는 호크아이와 잠시 이야기를 나눴어요.

"웅카스에게 좋은 생각이 났습니다. 영국군이 쏜 대포 덕분에 땅에 큰 고랑이 생겼어요. 우리가 숨어들어도 될 만큼 크기가 큽니다. 그렇게 해서 요새까지 쭉 갈 수 있겠습니다."

모두 허리를 구부린 채 새로 난 길을 따라갔어요. 덩컨은 앨리스의 손을 꼭 잡고 갔지요.

전투 중에 피어오른 연기에 그들의 모습이 가려졌어요. 그래서 요새 쪽으로 서서히 옮겨 갈 수 있었지요. 하지만 얼마 지나지 않아 연기가 걷히기 시작했어요. 하지만 요새까지는 아직 꽤 거리가 남아 있었어요. 게다가 안개마저 서서히 걷히고 있었어요.

그렇게 영원할 것 같던 시간이 지나고, 마침내 무리는 요새의 앞문에 다다랐어요.

앨리스가 문을 쾅쾅 두드렸어요.

"들여보내 주세요! 앨리스와 코라 먼로예요. 문 열어요!"

웅성거리는 소리가 들렸어요. 잠시 뒤, 요새 문이 열리자 그들은 모두 안으로 뛰어 들어갔어요. 큰 몸집에 백발의 먼로 대령이 어디선가 급히 달려 나왔어요.

"무사히 도착했구나! 오, 딸들아, 이렇게 보니 기쁘구나!"

10장

맹렬한 전투

윌리엄 헨리 요새의 병사들은 용감했어요. 하지만 어려움을 겪고 있었지요. 프랑스 장군 몽캄의 병사들이 여기저기에 깔려 있었거든요. 숲속에도, 진영 주변에도, 물가 근처에도 있었어요.

먼로 대령은 에드워드 요새에 있는 웨브 장군에게 지원군을 더 보내 달라고 요청했어요. 그런데 지원군이 오고 있다는 소식과 함께 코라와 앨리스도 윌리엄 헨리 요새를 향해 출발했다는 이야기를 듣고 무척 걱정하고 있었어요. 도중에 전투가 벌어져 딸들에게 무슨 일이 일어날 수도 있었으니까요.

그런데 코라와 앨리스, 그리고 덩컨이 요새에 도착한 뒤에도 지원군은 오지 않았어요. 덩컨은 전투에 참여해 나흘 동안 줄곧 싸웠어요. 지금은 호수 옆에 있는 망루에 서서 대기하고 있었어요. 영국과 프랑스 양쪽 진영은 전투를 잠시 멈추고 쉬고 있었어요.

덩컨은 강 건너를 바라봤어요. 한 프랑스 장교가 호크아이를 끌고 윌리엄 헨리 요새로 다가오는 모습이 보였어요. 깜짝 놀라 망루에서 내려오던 덩컨의 눈에 코라와 앨리스가 들어왔어요. 둘은 푹 잘 쉰 듯 기분이 좋아 보였어요. 마지막으로 봤을 때보다 훨씬 더 얼굴이 좋아졌지요!

"덩컨! 기다리고 있었어요! 왜 우릴 보러 오지 않았어요?"

앨리스가 말했어요.

덩컨은 거침없는 앨리스의 말에 얼굴이 빨개졌어요. 앨리스를 며칠 보지 못했을 뿐인데 여느 때보다 더 아름다워 보였지요. 덩컨이 머뭇거리자 코라가 얼른 도와주었어요.

"앨리스 말은, 그간 애써 주셔서 감사하다는 뜻이에요. 저희 아버지도 무척 고마워하고 계세요!"

"네, 지금 대령님을 뵈러 가는 길입니다. 얼굴 보니 정말 반갑습니다. 좋아 보이네요, 앨리스."

그 말과 함께, 덩컨은 씩 웃으며 손을 흔들고는 재빨리 달

음박질쳤어요.

먼로 대령은 덩컨을 기다리고 있었어요.

"아, 덩컨. 자네를 부르려던 참이네. 프랑스군이 자네 길 잡이를 잡은 모양이야. 이름이 뭐라 했던가? 호크아이?"

먼로가 물었어요.

"네, 대령님. 저도 봤습니다."

덩컨이 말했어요.

"몽캄이 호크아이를 우리에게 보냈다네. 호크아이가 갖고 있던 편지는 빼앗고 말이지."

"편지요?"

"그래. 호크아이가 그토록 뛰어난 실력으로 자네와 내 딸들을 무사히 데려오지 않았는가. 그래서 내가 호크아이에게 편지 하나를 맡겼네. 웨브 장군에게 전해 달라고 말이야. 프랑스군에게 잡혔을 때, 호크아이는 웨브 장군의 답장을 갖고 돌아오는 길이었다네. 하지만 그 편지는 지금 몽캄이 갖고 있지. 그러니까 에드워드 요새의 병사들에게 무슨 일이 있었는지는 몽캄만이 알고 있다는 뜻이고."

"아, 편지에 무슨 내용이 있었을지……. 끝내 지원군이 오지 않는다면 큰일입니다."

덩컨이 말했어요.

"그래. 분명 큰일이지. 어쨌든 편지의 내용을 알고 있는 몽캄이 내게 만나자고 했다네. 나 대신 자네를 보낼 생각이네. 몽캄이 아는 걸 알아내 오게."

"알겠습니다, 대령님. 실망시키지 않겠습니다."

덩컨이 말했어요.

덩컨과 먼로 대령은 한참 동안 이야기를 나눴어요. 이윽고 덩컨은 요새를 떠났어요. 덩컨은 평화의 뜻으로 하얀 깃발을 지니고 프랑스군 진영으로 갔어요. 그래야 공격을 받지 않고 전쟁터를 지나갈 수가 있으니까요.

덩컨은 몽캄 장군의 막사로 들어갔어요. 그런데 그곳에 마구아가 앉아 있었어요. 깜짝 놀란 덩컨은 숨이 턱 막혔지만, 군인답게 어깨를 쫙 펴고 섰어요.

몽캄 장군은 강하면서도 기품이 있어 보였어요.

"먼로 대령을 기다리고 있었는데, 보아하니 당신도 장교급인 모양이군요."

덩컨은 고개 숙여 인사했어요. 덩컨과 몽캄 장군은 꽤 오랫동안 전투에 관해 이야기를 나눴어요.

마침내 몽캄 장군이 물었어요.

"항복할 겁니까?"

"지난 닷새 동안 우리 요새가 그리도 쉽게 무너질 거라 생각했습니까? 항복할 일은 없습니다."

덩컨이 답했어요.

몽캄 장군은 마구아를 향해 고갯짓을 하며 말했어요.

"마구아는 끈질기고 격렬하게 싸울 줄 압니다."

덩컨은 마구아에게 속아 버린 일과 공격당하던 일을 떠올리며 몸을 부르르 떨었어요.

몽캄 장군이 또다시 물었어요.

"어떻습니까, 항복하겠습니까?"

"그렇게는 안 되겠습니다. 먼로 대령님께 온 편지를 돌려주지 않는다면, 우리도 계속 싸우는 수밖에 달리 방법이 없겠군요."

덩컨이 답했어요.

"영국군의 입장을 이해합니다. 하지만 먼로 대령을 직접 만나 의견을 듣고 싶군요."

몽캄 장군이 말했어요.

덩컨은 고개를 끄덕이고는 막사에서 나왔어요. 하얀 깃발을 들고서 부리나케 윌리엄 헨리 요새로 돌아갔어요.

요새로 오자마자 덩컨은 곧장 먼로 대령의 막사로 갔어요. 코라와 앨리스도 그곳에 있었어요. 덩컨을 보자 무척 안심하면서도 반가워했지요.

"아, 돌아왔구먼."

먼로 대령이 말했어요.

"자, 앨리스. 우린 다른 방으로 가자."

코라가 일어서며 말했어요.

방에서 나가는 코라와 앨리스에게 덩컨은 고개를 까닥여 인사했어요. 그러고는 입구에 서서 먼로 대령이 입을 열 때까지 기다렸어요. 먼로 대령은 벌떡 일어나 방 안을 서성였어요. 마침내 입을 뗀 먼로 대령은 덩컨에게 몽캄 장군과 어떤 이야기를 했는지 묻지 않았어요.

"앨리스와 코라 모두 훌륭하다네. 저 애들에 대해 내게 하고 싶은 말이 있다는 거 아네. 그러니 지금 말해 보게."

"하지만 대령님, 몽캄 이야기부터 해야 하지 않겠습니까?"

덩컨이 말했어요.

"지원군은 올 걸세, 덩컨. 희망을 갖게. 난 몽캄이 뭐라 했는지 지금 당장은 알고 싶지 않다네. 아직 시간이 있지 않은가. 게다가 우리 군대는 막강하지. 자, 앨리스와 코라에 대해선 어찌 생각하는가?"

"저는……, 그러니까 저는……."

덩컨이 말을 더듬었어요.

"음, 어서 말해 보게."

"앨리스와 결혼하고 싶습니다. 허락해 주시면 영광이겠습니다, 대령님."

"앨리스라!"

먼로 대령은 계속해서 이리 갔다 저리 갔다 서성였어요.

"코라와 결혼하고 싶은 줄 알았네만. 코라가 큰딸이니까 말이지."

덩컨은 입을 꾹 다물었어요.

먼로 대령이 말했어요.

"좋아! 좋고말고. 자네가 가족이 되다니 기쁘군. 자네는 이제 내 아들이 된 거야."

"감사합니다, 대령님. 정말로 기쁩니다."

덩컨이 미소를 지었어요.

"자, 이제 말해 보게나. 몽캄이 어쨌다고?"

덩컨은 몽캄 장군과 나눴던 이야기를 전부 먼로 대령에게 말했어요.

"자네가 항복하지 않겠다고 말했는데도 나를 직접 만나고 싶어 했단 말이지?"

"그렇습니다."

덩컨이 대답했어요.

"그렇다면 가세나. 우리가 간다고 먼저 사람을 보내 알리게. 속임수일지도 모르니 날랜 부하들을 데리고 가세나."

"네, 대령님."

덩컨은 또다시 몽캄 장군을 만나기 위해 병사들을 준비시켰어요.

이윽고 덩컨과 먼로 대령은 요새를 빠져나갔어요. 병사들이 북을 둥둥 두드려 출발을 알렸어요. 그에 대한 대답으로 몽캄 장군 쪽 병사들도 북을 쳤어요.

마침내 양쪽이 얼굴을 마주했어요. 그러고는 서로를 아래위로 훑어봤지요. 몽캄 장군이 침묵을 깨고 말했어요.

"먼로 대령, 이렇게 와 줘서 기쁩니다. 부하들은 필요 없지 않겠습니까. 여긴 위험할 게 없습니다. 그쪽 부하들을 뒤로 물리시면 나도 그리하겠습니다."

몽캄 장군의 곁에는 마구아의 부하들이 줄을 맞춰 서 있었어요.

먼로 대령은 고개를 까닥이더니 덩컨에게 속삭였어요. 그러자 덩컨이 돌아서서 명령했어요.

　"병사들은 뒤로 물러서라!"

　병사들은 빠르게 시키는 대로 했어요. 마구아와 부하들도 똑같이 뒤로 물러섰지요. 먼로 대령은 덩컨에게는 자신의 옆에 그대로 있으라고 손짓했어요.

　몽캄 장군이 먼로 대령을 바라보며 말했어요.

　"대령은 영국을 위해서 최선을 다했습니다. 하지만 이제는 내려놓을 때가 되었다고 생각합니다."

　먼로 대령은 아무 말도 하지 않았어요. 몽캄 장군이 계속해서 말하도록 내버려 뒀지요.

　"우리 진영을 둘러보시겠습니까? 충성스러운 병사들이 아주 많습니다."

　먼로 대령은 몽캄 장군의 초대를 거절했어요. 그러고는 영국군에게도 전투 의지가 높은 병사들이 그만큼이나 많이 있다고 말했지요. 먼로 대령은 또 이렇게 덧붙였어요.

　"참, 허드슨강 쪽을 바라보면 지금 당장이라도 웨브 장군의 지원군이 오는 게 보일 게요."

　몽캄 장군이 능글맞은 미소를 짓더니 말했어요.

"그쪽 길잡이한테서 빼앗은 편지가 여기 있습니다. 어떤 결단이든 내리기 전에 이 편지부터 읽어 보십시오."

먼로 대령은 편지를 열어 보았어요. 그런데 편지에는 항복만이 유일한 방법이라고 쓰여 있었어요! 웨브 장군은 이제 단 한 명의 지원군도 보내 줄 수가 없다고 했어요. 이미 프랑스군에 맞서 싸우다 너무 많은 병사들이 죽었기 때문이지요. 먼로 대령에게 더 많은 병사들을 보낸다면 에드워드 요새가 함락될 수도 있다고 쓰여 있었어요. 웨브 장군은 더 이상 맞서 싸우지 말고 서둘러 항복해야 한다고 썼어요. 웨브 장군 생각에 윌리엄 헨리 요새는 이미 패배한 셈이었어요.

먼로 대령은 이내 어두워진 표정으로 덩컨에게 속삭였어요.

"웨브가 우릴 배신했어! 지원군을 안 보내 주는 건 둘째 치고, 이런 비겁한 말은 처음 보네그려."

"대령님, 저희에겐 아직 요새가 있습니다. 계속해서 싸울 수 있습니다."

덩컨이 작은 목소리로 속삭이자 먼로 대령이 말했어요.

"자네 말이 맞네. 내 임무를 떠올리게 해 줘서 고맙네. 우리, 끝까지 싸우세."

그때 몽캄 장군이 앞으로 나와 말했어요.

"잠깐 내 조건을 들어 보시겠습니까?"

"조건은 무슨! 날 겁줄 수 있을 것 같소? 그러려면 이런 편지 나부랭이보다 더한 게 필요할 거요!"

먼로 대령이 소리쳤어요.

덩컨은 다시 먼로 대령에게 속삭였어요. 그러자 이내 마음을 가라앉힌 대령이 말했어요.

"미안하오, 몽캄 장군. 좋소, 당신의 말을 들어 보겠소."

"윌리엄 헨리 요새는 반드시 무너지고 말 겁니다. 요새 문 앞까지 치고 올라가 전투를 벌이는 꼴을 보고 싶습니까? 만약 항복한다면 당신과 병사들이 영국으로 무사히 돌아갈 수 있도록 해 주겠습니다. 그게 내 조건입니다. 그렇지 않으면 모두 죽을 겁니다. 이런 기나긴 전투에서는 우리가 훨씬 강하고 준비가 잘 되어 있으니까 말입니다. 자, 여기 이 서류에 서명만 하면 됩니다, 먼로 대령."

먼로 대령은 무거운 마음으로 고개를 떨구고는 말했어요.

"좋소, 몽캄 장군. 당신 조건에 동의하고 윌리엄 헨리 요새를 넘기겠소."

먼로 대령이 몸을 돌려 덩컨에게 말했어요.

"내 일평생 프랑스 사람이 이리도 꿋꿋하고 강할 거라고

는 생각 못 해 봤네. 동료 장군이 우릴 도우러 오지 않을 거란 생각도 못 해 봤고 말일세. 어쨌건 난 더 이상의 의미 없는 죽음을 막기 위해서 이제 물러서야 할 때라는 생각이 든다네."

먼로 대령은 슬픈 얼굴로 눈앞의 서류에 서명한 뒤 요새로 돌아갔어요.

덩컨은 남아서 자세한 조건을 더 듣고는 저녁 늦게 돌아왔어요. 이윽고 먼로 대령이 항복하겠다는 서류에 서명했다는 사실이 모두에게 알려졌어요. 윌리엄 헨리 요새의 병사들과 영국인들은 모두 다음 날 아침 요새를 떠나야 했지요.

11장
붙들리다!

다음 날 아침, 윌리엄 헨리 요새의 병사들은 요새 바깥벽에 열 맞춰 섰어요. 영국으로 돌아가는 함선이 있는 곳으로 가기 위해서였지요. 여자와 아이들은 가능한 한 많은 짐을 싸느라 바빴어요. 먼로 대령은 미어지는 가슴을 붙잡고 우두커니 서 있었어요.

그 모습을 본 덩컨이 다가갔어요.

"제가 도울 게 있습니까, 대령님?"

"내 딸들!"

먼로 대령이 답했어요.

"따님들을 어떻게 하실지 정하셨습니까?"

덩컨이 물었어요.

"오늘 난 그저 군인일 뿐이라네. 여기 있는 모든 병사들이 내 자식일세. 이들이 함선이 있는 곳까지 안전하게 갈 수 있게 해 줘야 해. 그래서 난 코라와 앨리스 걱정까지 하기가 힘들다네. 자네가 도와주겠나, 덩컨? 딸들에게 조심하라고 단단히 일러 주게. 특히 자네는 앨리스와 결혼할 테니 말이지."

덩컨은 코라와 앨리스가 떠날 채비를 하고 있는 오두막으로 달려갔어요. 코라의 얼굴에는 핏기가 하나도 없었어요. 눈물을 참고 꾹 삼키고 있었지요. 하지만 앨리스는 울고 있었어요.

"요새를 빼앗겼네요. 안타까워요. 그런데 사람들이 함선까지 가는 길에 무슨 일이 생기면 어쩌죠?"

코라가 물었어요.

"모두 함선까지 안전하게 가길 바랄 뿐입니다. 코라, 지금은 당신과 앨리스만을 생각해야 합니다. 병사들을 챙기는 건 대령님과 제가 하겠습니다. 그러니 부디 무사하셔야 합니다."

코라는 손수건으로 뺨을 닦으며 말했어요.

"저흰 괜찮을 거예요. 누구도 대령의 딸들을 해칠 순 없어요. 게다가 데이비드가 우리와 함께 있잖아요."

덩컨은 데이비드를 보고 말했어요.

"데이비드, 이렇게 보니 반갑군. 정말 조심해야 하네. 아직 안심할 수 없으니. 멀리서도 휴런족의 북소리가 들린다네. 몽캄이 우릴 공격하지 않겠다는 서류에 서명은 했지만, 마구아와 그 부하들이 어떻게 나올지 모르네."

데이비드가 고개를 끄덕였어요.

"명심하겠습니다. 걱정 마세요, 덩컨 소령님. 아가씨들을 잘 지키겠습니다."

떠나야 할 때를 알리는 나팔 소리가 들렸어요. 프랑스군들이 벌써 와서 서 있었어요. 요새에는 이미 프랑스 국기가 펄럭였어요.

"가자꾸나. 여긴 이제 우리가 있을 곳이 아니야."

코라가 앨리스에게 말했어요. 둘은 서로를 꼭 붙잡고서 걸어갔어요.

윌리엄 헨리 요새의 병사들과 여자들, 어린아이들이 요새를 떠나 항구 쪽으로 먼 길을 가기 시작했어요.

숲속에는 마구아와 부하들이 숨어 있었어요. 줄지어 걷는 사람들의 모습을 지켜봤지요. 적당한 때를 노리던 마구아가 갑자기 거센 함성을 내지르면서 달려 나왔어요. 먼로 대령의 영국군 병사들은 적들의 공격을 막으려고 안간힘을 썼어요. 하지만 마구아가 이끄는 휴런족의 수가 너무나도 많았어요.

코라와 앨리스는 옴짝달싹 못 하고 있었어요. 무서워서 움직일 수가 없었지요. 먼로 대령은 몽캄 장군을 찾으러 전속력으로 달려갔어요. 항복하는 대신 공격하지 않겠다던 약속을 지키라고 으름장을 놓을 생각이었지요.

데이비드는 코라와 앨리스와 함께 서 있었어요. 데이비드는 어떻게 해야 할지 몰라 노래를 흥얼거리기 시작했어요. 마음을 가라앉히기 위해서였지요. 그런데 그 모습을 이상히 여긴 마구아의 부하들이 발걸음을 멈췄어요.

그 바람에 마구아는 두 아가씨가 먼로 대령의 딸들이라는 걸 알아봤어요. 재빨리 다가오더니 이렇게 말했지요.

"나를 따라와라. 그러면 살 것이다."

마구아가 사납게 말하자 코라가 외쳤어요.

"절대 안 가!"

마구아는 대꾸하지 않았어요. 대신, 놀라 정신을 잃은 앨리스를 와락 잡아채고선 쏜살같이 달아났어요.

"안 돼! 앨리스를 놔줘! 내려놓으라고!"

코라가 소리치며 쫓아갔어요.

이내 코라는 숲으로 들어섰어요. 그러다 풀밭에서 마구아의 말들을 발견했지요. 기절한 앨리스를 말에 태운 마구아는 코라에게 말에 타라고 손짓했어요. 코라는 할 수 없이 그 말에 타고는 앨리스가 떨어지지 않게 꽉 붙잡았어요. 줄곧 코라를 따라 달려온 데이비드도 다른 말에 올라탔어요.

그 모습을 본 마구아가 데이비드에게 소리쳤어요.

"지금 뭐 하는 거냐?"

"전 아가씨들을 지킬 책임이 있어요. 저도 함께 가겠어요."

데이비드가 말했어요.

"포로가 된다는 걸 알고 있는가?"

마구아가 말했어요.

"알고 있습니다."

그 말에 마구아는 고개를 끄덕이더니 숲속으로 이끌었어요.

어느새 저녁때가 되었어요. 폐허가 된 윌리엄 헨리 요새에서 연기가 치솟았어요. 먼로 대령과 덩컨은 앨리스와 코라를 찾고 있었어요. 호크아이와 두 모히칸도 그곳으로 달려왔어요. 그들은 마구아와 휴런족이 항구로 향하는 사람들을 공격하고 요새를 무너뜨리는 과정을 지켜봤어요.

주변을 살펴보던 웅카스가 숲으로 가는 길목에서 코라의 스카프를 찾았어요. 그러자 호크아이와 칭가치국은 스카프가 발견된 근처 숲을 좀 더 자세히 살폈어요.

"잠깐!"

칭가치국이 땅바닥을 가리키자 호크아이가 외쳤어요. 누군가가 질질 끌려간 흔적이 있었어요.

"코라가 포로로 잡혀갔군."

그때, 웅카스가 다가와 호크아이에게 무언가를 건넸어요.

"노래 선생의 피리군. 데이비드도 함께 포로로 잡힌 게 틀림없어."

호크아이가 말했어요.

"앨리스는?"

먼로 대령이 물었어요.

"분명히 함께 있을 겁니다."

호크아이가 답했어요.

먼로 대령은 허리를 굽혀 코라의 발자국을 살폈어요. 그

사이 호크아이는 웅카스, 칭가치국과 이야기를 나눴어요.
이내 모히칸족은 다른 길로 내려갔어요. 얼마 안 있어, 칭가
치국이 외치는 소리가 들렸어요.

"앨리스의 발자국을 찾았답니다. 이곳에서 말에 태워졌군
요. 마구아의 막사로 붙들려 간 게 틀림없어요."

호크아이가 말했어요.

그때 덩컨이 앞으로 한 발 나와 말했어요.

"여길 보십시오! 앨리스가 차고 있던 목걸이에서 나온 조
각입니다."

덩컨은 호크아이에게로 몸을 돌렸어요.

"지금 당장 떠나야 합니다! 반드시 코라와 앨리스, 데이비
드를 찾아야만 합니다."

"그건 무모합니다. 이미 해가 지고 있어요. 오늘 밤 계획
을 세웁시다. 요새 근처에서 쉬면서 기운을 차린 뒤 내일 시
작합시다."

호크아이가 말했어요.

모두가 뜻을 같이했어요. 그들은 왔던 길로 돌아가 연기
가 피어오르는 요새로 향했어요.

막 해가 지고 어스름한 땅거미가 내려앉자, 덩컨은 망루

에 올라서서 구름이 떠가는 것을 바라봤어요. 호수는 잔잔했어요. 하지만 그렇다고 해서 덩컨의 걱정이 사라지지는 않았어요. 먼로 대령은 그나마 멀쩡한 오두막 하나를 발견하고는 안으로 들어가 드러누웠어요. 모히칸족은 그 아래쪽에 앉아 곰 고기를 먹었어요.

잠시 뒤, 모두 다시 모여 앉아 계획을 짜기 시작했어요. 웅카스와 칭가치국, 호크아이는 귀를 쫑긋 세우고 눈동자는 크게 뜨고 있었어요. 덩컨은 무척 긴장한 얼굴이었어요. 모히칸족은 자신들의 언어로 이야기를 나눴어요. 덩컨은 그동안 그들의 언어에 익숙해져서 무슨 말을 하는지 대강 알아들을 수 있었어요.

호크아이는 물길을 따라 마구아를 쫓아가자고 했어요. 하지만 칭가치국은 숲길로 가는 게 가장 낫다고 말했지요. 얼마 못 가 호크아이가 두 모히칸족을 설득했어요. 덩컨도 물길이 훨씬 빠르고 안전할 거라는 말을 믿었어요. 그러고는 다음 날 떠날 모든 채비를 했어요. 준비를 마치자 모두는 금세 모닥불 옆에서 잠이 들었어요.

12장
쫓고 쫓기는 추격전

하늘에 여전히 별이 반짝이던 그때, 호크아이가 모두를 깨웠어요.

"갑시다. 조심하십시오. 돌이나 나무 빼고는 아무것도 밟으면 안 돼요. 발자국이 남으니까 풀도 밟으면 안 됩니다."

얼마 뒤, 모두 조심하며 호숫가 모래사장에 다다랐어요. 호크아이가 말했어요.

"썰물을 타려면 서둘러야 합니다. 그래야 우리 흔적이 씻겨 나갈 테니까요."

모두 함께 작은 카누에 올라타고 노를 젓는 동안 덩컨은 한마디 말도 하지 않았어요. 카누가 앞으로 무사히 나아가

자 그제야 입을 열었어요.

"적들이 우릴 쉽게 볼 수 있을 텐데, 위험하지 않겠소?"

그러자 호크아이가 씩 웃었어요.

"적들이 쫓아오더라도 우리가 그들보다 앞서기만 하면 됩니다. 그보다 먼저 어서 코라와 앨리스, 데이비드를 찾아야 합니다."

칭가치국과 웅카스는 조그만 섬 사이의 작은 개울을 따라 카누를 몰았어요. 얼마나 시간이 지났을까? 웅카스가 노를 들어 올리더니 손가락으로 숲을 가리켰어요.

"뭔가 보입니까? 난 아무것도 보이지 않습니다."

덩컨이 말했어요.

"자세히 보십시오. 저쪽 안개 부근에서 연기가 나잖습니까. 누군가 불을 피운 거예요."

호크아이가 속삭였어요.

"그럼, 어서 가 봅시다. 그나저나 저들이 코라와 앨리스를 어떻게 했을지 걱정입니다."

덩컨이 속삭이자 호크아이가 말했어요.

"연기만 봐서는 저쪽에 몇 명이 있는지 알 수 없습니다. 그러니 성급하게 행동해선 안 됩니다. 카누에서 내려서 산을 타고 가면 될 것 같은데, 어떻게 생각하나, 웅카스?"

호크아이가 물었어요.

웅카스는 아무 말도 하지 않았어요. 그 대신, 노를 물속 깊숙이 담갔어요. 호크아이는 그것이 대답이라는 걸 알았어요. 그래서 모두는 산으로 가는 대신 노를 더 힘차게 저어 물 위를 빠르게 나아갔어요.

"저기! 연기가 나는 방향에 카누 두 대가 있소."

호크아이가 카누가 숨겨져 있는 덤불을 가리켰어요.

"저기에 그들이 있군요!"

덩컨이 속삭였어요.

바로 그때, 고래고래 내지르는 소리가 들렸어요. 휴런족이 그들을 본 거예요! 물가에 있던 자들이 카누에 휙 올라타더니 덩컨과 그 일행을 쫓기 시작했어요.

웅카스와 칭가치국은 온 힘을 다해 노를 저었어요.

"가까이 따라붙지 못하게 해. 안 그러면 잡히고 말 거야."

호크아이가 헐떡이며 말했어요.

그 순간 웅카스가 소리쳤어요. 또 다른 카누가 다른 방향에서 다가오고 있었거든요! 그러자 모두 죽을힘을 다해 더 빠르게 노를 저었어요.

"바위가 있는 곳으로 향하게. 뭍에서라면 몸을 숨겨 가며 적들과 싸울 수 있으니까!"

먼로 대령이 외쳤어요.

마치 누가 더 빨리 물가에 다다르는지 겨루는 경주 같았어요. 휴런족이 따라붙고 있었어요. 가까이 다가올수록 웅카스와 칭가치국, 호크아이는 더 세게 노를 저었어요. 그러다 보니 점차 호수가 넓어져 갔어요. 마침내 적들과의 거리가 점점 더 멀어졌어요.

어느새 하늘이 밝았어요. 호크아이는 섬의 서쪽 기슭에 카누를 대는 대신 더 멀리 몰고 나아갔어요. 뒤쫓아 오던 적들이 포기하고 돌아갔어요. 하지만 호크아이는 멈추지 않고 나아갔어요. 그 뒤로 한참을 더 노를 저었어요. 그러다 호수의 북쪽 끝자락 가까운 만에 이르자 기슭에 카누를 댔어요. 호크아이와 덩컨은 절벽에 올라 주변을 살폈어요.

호크아이가 한 방향을 가리키며 말했어요.

"보십시오. 저쪽에 카누 한 대가 있어요. 다시 날이 어두워지면 휴런족이 우릴 뒤쫓아 올 거예요. 우리가 마음을 놓은 틈을 타서 기습 공격을 할 겁니다."

호크아이와 덩컨은 다시 아래로 내려왔어요. 호크아이는

웅카스와 칭가치국에게 본 것을 말해 줬어요. 서둘러 움직여야 했어요. 그들은 카누를 어깨에 멘 채 널따란 길을 따라 걸어가기 시작했어요. 개울을 하나 건너니 바위가 많은 길이 있었어요. 호크아이와 웅카스, 칭가치국은 거짓 흔적을 남기려고 조심스레 거꾸로 걸었어요.

그들은 호수로 이어지는 작은 개울에 이르자 카누에 도로 올라탔어요. 눈에 안 띄게 두툼한 덤불을 뒤집어쓰고 있었지요. 안전하다는 생각이 들 때까지 노를 저어 갔어요. 그러고는 날이 어두워질 때까지 잠시 한숨 돌렸어요. 해가 지자 서쪽 물가로 카누를 밀어서 옮겼어요. 카누를 잘 숨겨 놓은 뒤 길을 떠났지요. 이제 코라와 앨리스를 찾으러 나설 때가 되었어요.

13장

흔적을 따라가다

땅은 울퉁불퉁하고 숲은 울창했지만, 호크아이와 두 모히칸은 길눈이 밝았어요. 망설임 없이 단숨에 나무 사이를 휙휙 달렸지요. 덩컨과 먼로 대령이 그 뒤를 바짝 따랐고요. 별빛이 방향을 알려 주고 있었어요. 호크아이가 멈추라고 할 때까지 그들은 계속해서 나아갔어요.

아직 나뭇잎에 이슬이 그렁그렁 맺혀 있는 시간이었어요. 날이 밝아 오자 그들은 천천히 걷기 시작했어요. 얼마쯤 가서 호크아이가 걸음을 늦추더니 잔뜩 주의를 기울였어요. 멈춰 서서 나무 여러 그루를 유심히 살펴봤어요. 여느 때처럼 개울을 건너도 될지 알아보기도 했고요.

"그놈들 흔적이 안 보입니다. 길을 잘못 든 것 같아요."

호크아이가 고개를 저으며 말했어요.

"오, 이런! 시간을 꽤나 많이 썼는데요. 왔던 길로 되돌아가면서 더욱 꼼꼼히 살펴보도록 합시다."

덩컨이 말했어요.

그때, 웅카스가 무슨 흔적을 찾았어요.

"오, 여기 보십시오! 짙은 머리칼의 아가씨, 코라가 여길 밟았어요. 이게 발자국입니다."

웅카스가 진지하게 말했어요.

"오, 정말이군요! 음, 여기서부터는 말을 탄 것 같아요. 말 발자국이 꽤나 깊은 걸 보니 한 명 이상이 올라탄 겁니다. 코라와 앨리스가 함께 탄 게 분명합니다. 잠깐 이곳에 멈춰 섰던 것 같아요. 물이라도 한 모금 마시려고 했을지도 모르죠. 그런데 이렇게 흔적을 남겼군요. 충분히 그들을 따라잡을 수 있겠습니다."

호크아이가 말했어요.

새로운 희망을 품은 채, 그들은 계속해서 나아갔어요. 이제 흔적을 찾았으니 한눈팔면 안 될 일이었어요. 자세히 살펴보며 걸으니 바위와 잔가지, 나뭇가지가 길을 보여 줬어요.

하지만 마구아는 아무도 쫓아오지 못하도록 길에 거짓 흔적을 남겨 뒀어요. 갑자기 방향을 틀거나 이상한 발자국을 찍어 놓기도 했지요. 그렇다고 호크아이나 두 모히칸이 속아 넘어가진 않았어요. 남아 있는 흔적 중 말발굽 자국은 따라가기가 훨씬 쉬웠어요.

한편 웅카스는 흔적을 살펴보다가 날뛰는 말발굽 자국을 발견했어요.

"이 흔적으로 무엇을 알 수 있습니까?"

덩컨의 물음에 호크아이가 답했어요.

"코라와 앨리스는 아직 살아 있는 것 같습니다. 지금은 걸어서 이동하고 있을 거예요. 휴런족 진영에 가까이 왔어요. 냄새가 납니다. 마구아 쪽 사람들이 사슴을 사냥하러 골짜기로 온다는 얘기를 들은 적 있어요. 그런데 그곳은 위험한 곳입니다. 프랑스군이 여전히 그곳에서 전투를 벌이고 있거든요. 우린 그곳이 아니라 마구아가 걸어간 길을 찾아야만 합니다."

호크아이와 웅카스, 칭가치국은 저마다 풀밭 구석구석을 살폈어요. 그러나 제대로 된 흔적을 찾지 못했어요. 발자국이 사방팔방으로 향해 있었거든요. 전혀 앞뒤가 안 맞는 흔적들이었어요.

"개울에서 다시 시작해서 더욱 꼼꼼히 살펴야겠습니다."

호크아이가 말했어요.

그들은 발자국을 처음 찾았던 곳으로 천천히 돌아갔어요. 잎이며 가지며 전부 샅샅이 뒤집어 봤어요. 돌도 들었다 놨다 했지요. 그런데도 흔적을 찾을 수가 없었어요.

마침내 웅카스가 나뭇잎에 가려진 작은 개울을 발견했어요. 나뭇잎을 손으로 쓱 헤치더니 '와!' 하고 함성을 내질렀어요. 진흙에 발자국이 찍혀 있었지요.

"잘했네. 이건 노래 선생, 데이비드의 발자국이야. 다른 사람의 것이라 하기엔 너무 커."

호크아이가 웅카스에게 말하고는 허리를 숙여 더욱 자세히 진흙을 들여다봤어요.

"흠, 데이비드가 앞장서게 한 거로군요. 나머지 사람들이 데이비드의 발자국을 고대로 밟고 가게 하려고."

"코라와 앨리스가 살아 있다는 걸 보여 주는 흔적은 없습니까?"

덩컨이 간절하게 물었어요.

"틀림없이 마구아와 부하들이 코라와 앨리스를 들쳐 안고 갔을 거예요. 얼마 안 가서 흔적이 보일 겁니다."

그들은 작은 개울을 따라 일 킬로미터 정도를 걸었어요.
그러다 커다란 바윗덩이에 다다랐어요. 주변에는 물이 찰박
찰박 흐르고 있었어요. 웅카스는 물가를 자세히 살폈어요.
이내 이끼 긴 바닥에 찍힌 발자국을 발견했지요.

"흔적을 또 찾았네요."

덩컨이 말했어요.

"그런데 전부 어디서 물을 건넜을까요?"

호크아이가 물었어요.

여태껏 모히칸족을 보면서 많이 보고 배운 덩컨이 주위를
둘러봤어요.

"저쪽! 손수레처럼 보이는 것이 있습니다."

"맞아요!"

호크아이가 말했어요.

호크아이는 그쪽으로 가서 손수레를 자세히 들여다봤어
요. 근처에 모카신 자국과 코라와 앨리스의 작은 발자국이
있었어요.

"코라와 앨리스는 무사합니다. 발자국이 흔들림 없고 안
정돼 보이는군요."

호크아이가 말하자 코라와 앨리스의 아버지인 먼로 대령은 가슴을 쓸어내렸어요.

그들은 모두 한숨 돌리며 배고픔을 달랬어요. 계속 가도 된다고 격려하는 듯 저녁노을이 물들었어요. 코라와 앨리스를 찾지 않고서는 또 하루를 넘길 수가 없었어요.

그쯤 되니 휴런족 진영에 가까워져 흔적을 따라가는 게 쉬웠어요. 오래지 않아 호크아이가 발걸음을 늦췄어요.

"저쪽부터는 나무들이 드문드문해요. 이제부터는 눈에 띄기 쉬우니 더욱 조심해야 합니다. 웅카스와 칭가치국은 개울을 따라가고, 난 흔적을 따라가겠어요. 무슨 일이 있으면 까마귀처럼 우짖는 소리를 세 번 낼 겁니다."

호크아이가 말했어요.

두 모히칸은 개울 길로 가고, 호크아이와 덩컨, 먼로 대령은 흔적 있는 길을 따라갔어요. 휴런족 진영에 점점 가까워지자 호크아이가 먼로 대령과 덩컨에게 덤불 속에서 기다리라고 했어요.

팔다리를 웅크리고 있던 덩컨은 불현듯 저쪽에서 누군가가 다가오는 걸 봤어요. 까마귀 울음소리를 낼까 했지만 들킬까 봐 걱정되었어요.

그때 호크아이가 덩컨 옆으로 기어 왔어요.

"저쪽 진영을 찾았어요. 그런데 제 생각엔, 휴런족이 아니라 프랑스 몽캄 장군의 길잡이들인 것 같습니다."

"그보다 저쪽에서 누군가 오고 있어요. 보세요! 그런데 저 사람은 무기를 안 들고 있군요. 그러니 겁낼 필요 없겠습니다. 저 사람이 동료들을 외쳐 부르지만 않으면 말입니다."

덩컨이 조용히 말했어요.

그때였어요. 놀랍게도 호크아이가 벌떡 일어나더니 앞으로 나아갔어요. 호크아이는 자기 쪽으로 다가오는 사람의 어깨를 톡톡 두드렸어요.

"어이, 데이비드. 안녕하신가요?"

호크아이가 말했어요.

덩컨은 깜짝 놀라고 말았어요! 적인 줄 알았던 사람이 친구였다니요. 덩컨은 숨어 있던 곳에서 뛰쳐나와 두 사람에게로 달려갔어요. 먼로 대령도 그 뒤를 바짝 따라갔지요.

"아주 우스꽝스러운 옷을 입었군요. 딱 휴런족처럼 보입니다!"

덩컨이 반갑게 웃으며 말했어요.

그때 갑자기 까마귀 울음소리가 들려왔어요. 웅카스와 칭가치국이 위험에 처했을지도 모른다는 생각이 스쳐 지나갔어요. 하지만 이내 진짜 까마귀 소리였다는 걸 알게 되었지요. 잠시 뒤, 웅카스와 칭가치국이 까마귀 소리를 듣고는 무슨 일이 생겼나 하면서 돌아왔어요.

"내 딸들은 어찌 되었는가?"

먼로 대령이 데이비드를 향해 물었어요.

"마구아 쪽 진영에 붙들려 있습니다."

데이비드가 대답했어요.

"그럼 마구아도 그곳에 있소?"

호크아이가 물었어요.

"아뇨, 마구아는 사냥하러 나가 있어요. 내일 숲속 깊숙한 곳으로 이동할 거예요. 그런 다음 캐나다로 갈 작정인 모양입니다. 그런데 마구아는 코라와 앨리스를 따로따로 떨어뜨려 놓았어요. 앨리스는 휴런족 여자들과 있어요. 코라는 바윗돌 너머 다른 무리와 함께 있고요."

"그런데 놈들은 왜 당신을 마음대로 돌아다니게 둔 겁니까?"

호크아이가 물었어요.

"시도 때도 없이 노래를 불렀더니 절 미치광이로 여기고 있어요. 위험인물이라 생각 안 하는 거죠."

"그렇군요. 당신 피리를 찾았어요. 돌려받고 싶을 거라 생각했습니다."

호크아이가 악기를 건네자 데이비드가 기쁘게 받아 들었어요.

호크아이는 데이비드에게 코라와 앨리스의 소식을 더 물었어요. 아주 사소한 것이라도 자매를 찾는 데 도움이 될 수 있으니까요. 하지만 데이비드는 아는 게 별로 없었어요. 덩컨은 어떻게 코라와 앨리스를 구할지 여러 방법을 말했어요. 하지만 호크아이는 이렇게 말했어요.

"데이비드를 돌려보내는 게 가장 좋겠습니다. 데이비드, 코라와 앨리스를 찾아가서 우리가 곧 구하러 간다고 말해 줘요. 그리고 우리가 진영에 들어갈 수 있는지 살펴보고 신호를 보내세요. 저기, 혹시 쏙독새가 어찌 우는지 아십니까?"

데이비드가 웃으며 말했어요.

"네, 알고말고요."

"좋아요. 그게 우리가 보낼 신호입니다. 그 울음소리를 세번 들으면 당신이 덤불 쪽으로 와서……."

호크아이가 말을 하고 있는데 갑자기 덩컨이 끼어들었어요.

"잠깐만! 제가 같이 가겠습니다."

모두가 덩컨을 쳐다봤어요. 호크아이가 말했어요.

"적들은 당신을 틀림없이 죽일 거요."

"데이비드처럼 미치광이나 얼간이인 척하면 됩니다. 앨리스와 코라를 구하기 위해서라면 뭐든 하겠습니다."

덩컨은 굳게 마음을 정했어요. 호크아이가 뭐라 하든 그 마음이 바뀌지 않을 터였지요.

덩컨이 이어서 말했어요.

"좀 변장을 하면 제가 군인인 줄 아무도 모를 겁니다. 제가 들어가 앨리스를 구할 동안 당신이 코라를 구하세요. 그렇게 합시다."

호크아이가 잠시 생각하더니 말했어요.

"좋습니다. 저쪽 바위에 앉아요. 그러면 칭가치국이 당신을 도와줄 겁니다."

원주민처럼 옷을 입은 덩컨은 호크아이와 이야기를 좀 더 나눴어요. 언제 어떤 신호를 보낼지 정하고, 앨리스를 구하면 어디에서 만날지 장소를 정했어요.

떠나려는 덩컨 옆으로 호크아이가 다가섰어요. 칭가치국

이 먼로 대령을 잘 돌봐 줄 거라고 했어요. 그리고 이어 말했어요.

"행운을 빕니다. 당신은 용감한 사람입니다."

덩컨과 호크아이는 악수를 나눴어요. 먼로 대령은 덩컨을 향해 고개를 끄덕여 주었어요. 덩컨은 이내 데이비드에게 고갯짓했어요. 둘은 안전한 강둑을 뒤로하고 길을 떠났어요. 그 모습을 지켜보던 호크아이도 웅카스와 함께 다른 방향으로 떠났지요.

14장

붙잡힌 전사

잠시 뒤, 데이비드가 가장 큰 오두막으로 앞장서 들어갔어요. 원주민처럼 변장을 한 덩컨이 그 뒤를 따르며 데이비드가 하는 대로 똑같이 했어요. 둘은 사사프라스 가지를 하나씩 들었어요. 그런 다음 데이비드가 구석에 앉았어요. 덩컨도 데이비드를 따라 앉으려고 했어요. 그때, 오두막 안에 있던 남자들이 주위를 빙 에워쌌어요.

누군가 횃불을 밝혔어요. 이에 주변에 있는 남자들의 얼굴이 덩컨의 눈에 한층 가까이 보였어요. 남자들 한 명 한 명이 덩컨을 구석구석 아래위로 뚫어져라 훑어봤어요. 이윽고 머리카락이 하얗게 센 노인이 앞으로 다가오더니 덩컨이 알아듣지 못하는 휴런족 언어로 말을 건넸어요.

"영어 할 줄 아는 사람 없습니까?"

덩컨이 물었어요. 아무 대답도 듣지 못하자 또 물었어요.

"프랑스어는요? 몽캄 장군이 쓰는 말인데요?"

기나긴 침묵이 흘렀어요.

마침내 머리가 하얀 노인이 프랑스어로 말했어요.

"몽캄이 그 언어로 우리에게 말하지. 자넨 누군가? 변장은 왜 하고 있지?"

"여기에 아픈 사람은 없는지 보러 왔습니다. 난 치유자입니다. 그리고 제가 변장을 한 이유를 말씀드리겠습니다. 여러분도 다른 부족 사람을 만날 걸 생각해서 들소 가죽옷을 따로 챙겨 놓잖습니까? 그래야 그 사람들처럼 보여 공격받지 않을 테니까요."

덩컨이 말했어요.

머리가 하얀 노인은 추장이었어요. 추장은 덩컨의 말에 웃음을 터뜨리더니 박수를 쳤어요. 그때, 추장이 미처 뭐라 말하기도 전에 숲에서 새된 울음소리가 들려왔어요. 그 소리에 지레 겁을 먹은 덩컨이 놀라 펄쩍 뛰었어요. 오두막 안에 있던 모두가 밖으로 달려 나갔어요. 덩컨과 데이비드도 나가 보았지요. 전부 잔뜩 들떠 있었어요. 휴런족 전사들이 환호성을 지르며 돌아오고 있었거든요.

남자들이 덩컨을 쿡쿡 찌르며 둥그렇게 모여 있던 사람들 한가운데로 떠밀었어요. 그 주위로 불길이 활활 타오르고 있었어요.

휴런족 전사들은 포로 한 명을 잡아 왔어요. 그 포로도 역시 덩컨의 코앞까지 한가운데로 떠밀렸어요. 그 포로는 웅카스였어요!

덩컨은 휴런족 앞에서 웅카스를 모른 체해야 했어요. 데이비드 역시 잠자코 있었어요. 셋이 아는 사이인 걸 들키면 위험해지니까요. 덩컨은 놀란 표정을 짓지 않으려고 애를 썼어요. 여자들은 웅카스를 못살게 굴었고, 남자들은 깔깔 비웃어 댔지요. 덩컨은 친구인 웅카스가 그런 대접을 받는 모습을 보니 가슴이 아팠어요. 전사 한 명이 웅카스의 팔을 잡아당기더니 오두막 안으로 밀쳐 넣었어요. 많은 사람들에게 떠밀린 덩컨도 다시 안으로 들어가게 됐어요.

밖을 흘깃 내다보니 어떤 사람이 멀리 서서 이쪽을 보고 있었어요. 덩컨은 그쪽을 쳐다보기가 두려웠어요. 호크아이일지도 모른다는 생각이 들었거든요. 호크아이 역시 위험에 빠지는 꼴은 차마 볼 수 없었어요. 하지만 다행히 그런 일은 없었어요. 호크아이의 차림새나 머리 모양이 바로 휴 런족과 같았으니까요.

추장들이 연기가 자욱한 커다란 오두막 안쪽에 자리를 잡 고 앉았어요. 나머지 사람들도 그 주변으로 자리를 채웠어 요. 그들 앞에 웅카스가 침착하게 섰어요.

머리가 흰 추장이 웅카스에게 말했어요.

"이방인이여, 오늘 밤은 쉬게 해 주겠네. 밥도 주겠네. 그 러나 내일이면 자네 운명이 결정될 걸세."

웅카스가 추장을 똑바로 쳐다보고는 말했어요.

"먹을 건 필요 없소."

추장이 말했어요.

"우리 부족의 젊은 전사 둘이 자네 친구들을 쫓고 있네."

"당신네 젊은이들은 결코 못 잡을 거요."

웅카스가 말했어요.

"자네는 잡았잖은가."

추장이 말했어요.

"하! 당신네 전사 '휘어지는 갈대'는 겁쟁이오. 싸우다 말 고 도망을 치고 있었지. 그러다 우연히 날 잡은 거요."

웅카스가 답했어요.

그 말에 추장이 웅카스를 지나쳐 한 젊은이에게 다가갔어요.

"휘어지는 갈대여, 자넨 우릴 욕보였다. 난 이자의 말이 사실이란 걸 의심치 않는다. 자넨 전투에서 세 번이나 도망을 쳤으니 겁쟁이가 맞다. 두 번 다시 이곳에 발붙이지 마라. 자네 이름은 이미 잊혔다."

젊은이가 벌떡 일어나 늙은 추장을 쳐다봤어요. 그러고는 이내 눈물을 흘리며 휙 돌아서서 오두막을 떠났어요. 뒤도 돌아보지 않았지요.

휘어지는 갈대가 마을을 떠나는 모습을 지켜보려고 사람들이 오두막 밖으로 나왔어요. 그때 웅카스가 덩컨 옆에 슬며시 다가가 말했어요.

"호크아이와 먼로 대령은 무사합니다. 이까짓 일로 전 겁먹지 않아요. 서둘러 밖으로 나가십시오. 우리가 아는 사이란 걸 저들이 알아차리기 전에요."

웅카스는 덩컨을 문밖으로 살며시 밀어냈어요.

바깥에 있는 모닥불의 불길이 사그라들고 있었어요. 휴런족 사람들이 이리저리 왔다 갔다 돌아다니고 있었어요. 덩컨은 겁이 나긴 했지만, 그래도 앨리스를 찾으려 주변을 둘러봤어요. 오두막마다 담요를 걷어 올리고는 안을 들여다봤지요. 어디서도 앨리스의 흔적을 찾을 수가 없었어요. 덩컨은 결국 큰 오두막으로 되돌아가 데이비드를 찾았어요. 어쩌면 데이비드가 뭔가 도와줄 수 있을 것 같았어요. 하지만 데이비드는 그곳에 없었어요. 웅카스는 여전히 그곳에 있었고요.

머리가 흰 추장이 덩컨에게로 몸을 돌려 말했어요.

"자네, 치유자라고 했지? 그렇다면 우리 부족 소녀에게 들어앉은 혼령을 겁주어 쫓아내 주구려. 너무도 아파하기에 여기서 멀리 떨어뜨려 놓았다네. 포로와 함께 동굴에 있지."

"혼령마다 다릅니다."

덩컨은 포로, 즉 앨리스가 어디에 있는지 알게 되어 기뻤어요.

"어떤 혼령은 너무나 강력합니다."

"그래도 한 번 해 보시게."

추장이 말했어요.

덩컨이 뭐라 말하기도 전에, 오두막은 또다시 시끌벅적해졌어요. 마구아가 돌아온 것이었어요! 늙은 추장은 마구아를 기쁘게 맞으며 말했어요.

"이보게! 사슴은 잡았는가?"

"운이 별로 없었습니다. 휘어지는 갈대를 보내십시오. 그가 잡을 수 있을 겁니다. 휘어지는 갈대는 우리 중 최고의 사냥꾼이잖습니까."

마구아가 말했어요.

오두막 안은 무척 고요했어요. 힘센 전사의 눈동자가 바닥에 앉은 추장을 바라보았어요. 추장이 일어나 말했어요.

"그 이름은 우리한테 죽은 거나 다름없네. 그는 잊혔다네. 두 번 다시 그 이름을 입에 올리지 말게."

마구아는 입도 뻥긋하지 않았어요. 하지만 덩컨은 마구아가 화가 났다는 걸 알 수 있었어요.

추장이 이어 말했어요.

"젊은 전사들이 우리의 적을 잡아 왔다네. 여길 보게. 이렇게 잡혔잖은가."

양쪽으로 갈라선 사람들 사이로 당당하고 힘 있게 서 있는 웅카스가 보였어요. 웅카스와 마구아는 서로를 한참이나 쏘아봤어요. 마구아가 먼저 눈길을 돌리고는 말했어요.

"이놈은 웅카스입니다. 마지막 남은 모히칸족이죠!"

사람들이 웅성대기 시작했어요. 이내 웅카스의 이름이 오두막 전체에 울려 퍼졌어요.

"모히칸, 넌 죽게 될 것이다."

마구아가 말했어요.

"나약한 네 손으로는 턱도 없다."

웅카스가 답했어요.

마구아는 분노가 끓어올랐어요. 마구아는 부족 사람들에게로 몸을 돌리고는 뭐라 말하기 시작했어요. 웅카스가 수많은 휴런족을 어떻게 해쳤는지 들려줬지요. 말을 끝마치자마자, 마구아가 도끼를 들어 올리더니 웅카스에게 냅다 던졌어요. 웅카스 머리에 꽂혀 있던 깃털이 잘리고 말았지요!

덩컨은 벌떡 일어섰지만 웅카스는 꿈쩍도 하지 않았어요. 마치 돌처럼 침착하게 가만히 서 있었지요.

"저자를 끌고 가서 가둬라!"

마구아가 소리쳤어요.

젊은 전사들이 웅카스의 손을 묶고는 오두막에서 끌어냈어요. 잠시 뒤, 덩컨이 가만히 일어나 밖으로 나가면서 주위를 흘끔 둘러봤어요. 한 가닥 희망이 있어 보였지요. 이내 마구아도 자리를 떴어요.

그때 머리가 흰 추장이 앞을 지나치며 덩컨에게 따라오라고 손짓했어요.

추장은 오두막 쪽으로 가는 대신 다른 곳으로 발길을 돌렸어요. 근처 산기슭을 향해 갔지요. 덩컨은 추장을 따라갔어요. 그런데 동굴로 이어지는 길에 다다랐을 때, 덩컨이 갑자기 우뚝 멈춰 섰어요.

눈앞에 무지하게 크고 새까만 곰이 서 있었어요. 으르렁거리며 추장을 쳐다보고 있었지요. 순간 덩컨은 곰이 공격할 거라 생각했지만 그렇지 않았어요. 추장은 아무렇지도 않은 듯 곰을 지나쳐 갔어요. 추장의 뒤를 따르던 덩컨은 뒤돌아보지 않으려고 무척 애를 썼어요. 어쩐지 곰이 뒤쫓아오는 느낌이 들었지만 꾹 참았어요.

이윽고 그들은 동굴에 다다랐어요. 추장이 나무껍질로 만든 문을 열고서는 동굴 안쪽으로 들어갔어요. 그때 덩컨은 동굴 안에서 또 한 마리의 곰을 봤어요. 동굴 문 바로 옆에 떡하니 있었어요! 덩컨은 최대한 추장 옆에 바짝 붙었어요. 그렇게 해서 마침내 동굴 안쪽에 이르게 됐지요.

덩컨은 한가운데에 놓인 침대 옆에 데이비드가 서 있는 걸 보고 화들짝 놀랐어요. 침대에는 병든 소녀가 누워 있었어요. 그때, 데이비드가 달콤한 노래를 부르기 시작했어요. 그러자 구석에 앉은 곰이 흥얼거리듯 으르렁거렸어요. 마치 데이비드가 부르는 노랫가락에 맞춰 흥얼거리는 것 같았지요. 그런데 곰이 내는 소리에 화들짝 놀란 데이비드가 노래하다 말고 덜덜 떨며 덩컨에게 소리쳤어요.

"그녀는 말이죠, 당신이 와서 도와주길 기다리고 있어요. 그, 그럼 전 이만!"

그 말과 함께, 데이비드는 말릴 새도 없이 동굴 밖으로 뛰쳐나갔어요.

15장
곰과 맞닥뜨린 덩컨

곰은 문 앞에서 계속 으르렁거리더니 동굴 바닥을 데굴데굴 구르기까지 했어요. 추장은 곰은 신경도 쓰지 않고 앞으로 걸어가 소녀를 돌보고 있던 젊은 여인에게 자리를 비켜 달라고 했어요.

"이 사람이 널 도와주러 왔단다."

추장이 아픈 소녀에게 말하고는 덩컨을 돌아보며 말했어요.

"자네에게 여길 맡기겠네. 자네가 최선을 다해 저 아이를 고쳐 줄 거라 믿네."

추장은 떠났어요. 그리고 보니 덩컨은 불쌍한 병든 소녀와 함께 무서운 곰 앞에 남게 되었어요. 그때 곰이 온몸을

흔들며 가까이 다가왔어요. 덩컨은 도망칠 수 있을까 싶어
황급히 주위를 둘러봤어요. 하지만 도무지 빠져나갈 만한
곳이 없었어요. 덩컨은 어찌할 바를 몰랐어요. 그 순간, 곰
의 머리가 툭 떨어졌어요! 곰은 진짜가 아니었어요. 곰 탈을
쓴 사람이었던 거예요. 그리고 그 사람은 바로 호크아이였
어요!

"세상에! 도대체 뭘 하는 겁니까?"

덩컨이 외쳤어요.

"이곳에 몰래 들어오려고 탈을 쓴 거예요. 먼로 대령과 칭
가치국은 오래된 비버 굴에 두고 왔습니다. 휴런족이 절대
눈치챌 수 없는 곳이지요. 그리고 나서 웅카스와 난 서로 다
른 진영을 각기 살펴보기로 했어요. 그나저나 웅카스를 봤
습니까?"

호크아이가 물었어요.

"봤습니다. 포로로 잡혀 있어요. 저들이 내일 웅카스를 죽
일 거예요. 끔찍합니다!"

덩컨이 답했어요.

"오, 그럴 줄 알았습니다. 그래서 제가 온 겁니다. 웅카스
가 죽게 놔둘 리 없잖습니까."

"웅카스가 잡히는 걸 봤습니까?"

덩컨이 묻자 호크아이가 말했어요.

"한 진영을 살펴보고 돌아오는 도중에 저는 우연히 웅카스를 보았습니다. 그런데 웅카스가 너무 멀리 앞서간 바람에 쫓아갈 수가 없었습니다. 어찌나 빠르던지. 그러다 웅카스가 휴런족 하나와 맞닥뜨린 걸 봤어요. 그 휴런족은 전투에서 달아난 겁쟁이였어요. 그놈이 웅카스를 함정에 빠뜨린 겁니다!"

"일이 그리 된 거였군요. 그런데 그 탈은 어디서 났습니까?"

덩컨이 묻자, 호크아이가 웃었어요.

"하하하! 무슨 축하를 한답시고 곰으로 변장한 휴런족 하나와 마주쳤습니다. 그놈을 묶어 놓고 곰 탈을 빼앗았지요. 그래야 당신을 찾아서 함께 모두를 구할 수 있으니까 말입니다."

"음, 곰 흉내가 퍽 대단했습니다!"

덩컨이 외쳤어요.

"숲속에 이토록 오래 살면 당연히 곰의 움직임을 배우는 법입니다. 그나저나 앨리스는 찾았나요?"

호크아이의 물음에 덩컨은 고개를 저었어요.

"마을에 있는 오두막을 샅샅이 뒤졌지만 앨리스의 흔적은 없었습니다. 앨리스가 이곳에 있길 바랐는데."

"제 생각에 앨리스는 이곳 어딘가에 있어요. 데이비드가 나가면서 한 말을 듣고 알 수 있었어요. 데이비드가 말하길, '그녀'는 당신이 와서 도와주길 기다리고 있다고 했잖아요."

호크아이가 말했어요.

"아, 전 여기 있는 이 아픈 소녀를 말한다고 생각했어요."

덩컨이 침대 위 소녀를 가리키며 말했어요.

"흠, 그랬을지도 모르겠군요. 잠시만 기다려요. 제가 이 탈을 도로 쓰고서 위쪽으로 기어 올라가 주변을 살펴보겠습니다."

호크아이는 말을 마치더니, 마치 한 마리 곰처럼 동굴 벽을 타고 올라갔어요. 시간이 좀 지나서야 꼭대기에 다다른 호크아이가 주위를 유심히 봤어요.

"오! 앨리스가 저쪽에 있네요! 당신 뒤쪽에 문 하나가 있어요. 그쪽으로 가 보세요. 그 반대편에 앨리스가 있어요."

호크아이가 속삭이자 덩컨이 한 걸음 앞으로 나왔어요.

호크아이가 덩컨에게 물었어요.

"곰처럼 변장한 제 모습을 보고 앨리스가 겁먹지 않을까요?"

그러더니 호크아이는 팡 웃음을 터뜨리며 이어 말했어요.

"흠, 덩컨, 당신 변장도 만만치 않겠는데요."

"휴런족처럼 꾸몄는데, 그렇게 무서워 보입니까?"

덩컨이 물었어요.

"늑대 한 마리 정도는 겁줄 수 있겠습니다. 저기, 저쪽에 샘물이 있어요. 가서 얼굴부터 닦으십시오."

호크아이가 말했어요.

덩컨은 금세 변장을 씻어 냈어요. 그리고는 반대편 문으로 이어진 통로를 따라 달려갔어요. 그사이 호크아이는 다른 쪽으로 나갈 수 있는 비밀 통로가 있나 찾아봤어요. 마침내 제일 끝방에 이른 덩컨이 나무껍질로 된 문을 열어젖혔어요.

"덩컨!"

앨리스가 외쳤어요.

"앨리스!"

"절 구하러 올 줄 알았어요! 그런데 왜 혼자예요?"

덩컨은 호크아이도 동굴에 있다고 말해 줬어요.

"자, 여기서 빠져나가야 합니다. 하지만 마음 단단히 먹어야 해요. 당신을 보고 기뻐하실 당신 아버지만 생각하십시오."

덩컨과 앨리스는 나직이 이야기를 주고받았어요. 그때 누군가 덩컨의 어깨를 톡톡 두드렸어요. 덩컨은 그 사람이 호크아이라고 생각하고 뒤를 돌아보았어요. 그런데 그곳에 마구아가 서 있었어요!

"원하는 게 뭐예요?"

앨리스가 가슴 앞으로 팔짱을 낀 채 마구아에게 당돌하게 물었어요. 그러자 덩컨이 앨리스를 보호하듯 앞으로 나서서 마구아를 노려봤어요. 처음에는 아무도 꼼짝하지 않았어요. 그러다 이내 마구아가 덩컨 옆으로 걸어가더니 문을 잠그고 그 앞에 버티고 섰어요. 이제 달아날 수가 없었지요.

"어디 강제로 우릴 가둬 보시오. 우린 복수를 하고 말 거요. 당신은 죽게 될 거라고. 내 손에 말이오!"

덩컨의 말에 마구아가 웃음을 터뜨렸어요.

"웅카스와 함께 내일 죽여 줘도 그리 화를 내실 건가?"

그때 방 안에 곰의 으르렁 소리가 크게 울려 퍼졌어요. 곰을 보고 깜짝 놀란 앨리스는 기절하고 말았어요. 하지만 마구아는 이내 속임수라는 걸 알았어요. 전에도 곰의 탈을 수차례 본 적 있었거든요. 마구아가 태연하게 곰을 향해 다가가려 하자 곰은 더욱 크고 사납게 울부짖었어요. 곰이 뒷발로 일어서더니 앞발을 마구 흔들었어요.

"어리석은 수작 같으니. 가서 애들하고 놀아라."

마구아가 콧방귀를 뀌며 말했어요.

그때, 곰이 앞으로 달려들어 마구아를 붙잡았어요. 덩컨도 재빠르게 동굴에 있던 밧줄을 잡아채 마구아를 묶었어요. 마구아는 발버둥을 쳐 봤지만 아무런 소용이 없었어요. 밧줄에 꽁꽁 묶여 버리고 말았지요.

호크아이가 얼른 곰 탈을 벗었어요. 호크아이를 보더니 마구아가 외쳤어요.

"너!"

"마구아가 어찌 들어온 겁니까?"

호크아이가 덩컨에게 물었어요. 그러자 덩컨이 뒤에 있던 문을 가리켰어요.

호크아이가 말했어요.

"아, 우리도 그 문으로 나가면 되겠군요. 이제 앨리스를 데려오십시오. 이제 가야 합니다. 어서 이곳을 나가 숲속으로 갑시다."

덩컨이 쓰러진 앨리스를 가리키며 말했어요.

"괜찮을까요? 앨리스는 의식을 잃었어요."

"담요로 단단히 싸매십시오. 당신이 앨리스를 안고 가야 합니다. 더는 시간을 낭비할 수 없어요."

덩컨과 호크아이는 마구아가 들어왔던 문을 열려고 했지만 단단히 잠겨서 꿈쩍도 하지 않았어요.

"이제 어쩝니까?"

덩컨이 물었어요.

"하는 수 없죠. 들어왔던 데로 나가야 합니다."

호크아이가 말했어요.

"하지만 그쪽에는 추장이 있을 겁니다. 아픈 소녀가 나았나 궁금해하면서 말입니다."

"추장은 당신이 잘 속여 보십시오. 전 곰 탈을 쓰고 나가면 됩니다."

호크아이가 말했어요.

덩컨이 고개를 끄덕였어요. 이내 둘은 담요로 둘둘 싼 앨리스를 안고 바깥으로 이어지는 통로를 따라 내달렸어요. 문 앞에 이르자 호크아이는 침착하게 곰 탈을 도로 머리에

쓰고는 밖으로 걸어 나갔어요. 그곳에는 사람들이 우르르 몰려와 있었어요.

"소녀는 좀 어떻소?"

추장이 담요로 싼 형체를 보고 물었어요.

"소녀에게서 악령을 몰아냈습니다. 이제는 악령이 벽에 옮겨붙었지요. 소녀를 여기서 데리고 나가야만 합니다. 치유하려면 숲에 있는 약초가 필요하거든요."

덩컨이 답했어요.

"그래, 가시오. 내가 가서 벽에 붙은 악령을 몰아내겠소."

"안 됩니다! 악령이 추장님 몸속에 들어가게 할 셈입니까? 안으로 들어서면 그렇게 되고 말 겁니다. 악령이 스스로 나올 때까지 여기서 기다리십시오. 그런 다음 싸워 몰아내도 늦지 않습니다."

덩컨의 말에 추장이 고개를 끄덕였어요.

"아주 훌륭한 조언이군."

추장과 함께 있던 사람들은 악령을 몰아낼 태세로 동굴 입구에 섰어요.

덩컨은 고갯짓을 하더니 군중에게서 멀어져 냅다 달리기 시작했어요. 하지만 마을로 돌아가지는 않았어요. 대신 호크아이를 따라 오두막 사이사이를 돌아 숲으로 향했어요.

서늘한 밤공기가 앨리스를 깨웠어요. 잠시 뒤, 앨리스는 혼자 힘으로 걸을 수 있었어요. 마침내 어느 길에 다다라 호크아이가 말했어요.

"이 길을 따라가면 개울이 보일 겁니다. 북쪽으로 가서 산을 넘어 델라웨어 진영으로 가시오. 포로로 잡힐 수는 있겠지만 분명 그곳에 코라가 있을 겁니다. 웅카스를 구출하는 즉시 함께 구하러 가겠습니다. 어서 가시오."

그러자 덩컨이 돌아서서 말했어요.

"조심하십시오, 호크아이. 그리고 고맙습니다!"

호크아이는 둘에게 손을 흔들고는 마을로 살금살금 돌아갔어요. 그러다 짓다 만 오두막 하나를 발견했어요. 숨기에 좋은 장소라 생각하고 안으로 기어들었어요. 그런데 그곳에 데이비드가 보이자 화들짝 놀랐어요. 데이비드는 잔뜩 쌓인 잔가지 위에 앉아 있었어요. 곰을 본 데이비드가 비명을 빽 질렀어요.

"데이비드! 저예요, 호크아이."

호크아이가 말했어요.

"고, 고, 곰으로 변해 버린 겁니까?"

데이비드가 물었어요.

"아니, 아니요. 곰 탈을 쓴 거예요. 웅카스를 봤습니까?"

"네, 꽁꽁 묶여 있더군요."

"어디에 갇혀 있는지 알려 줄 수 있어요?"

호크아이의 물음에 데이비드가 고개를 끄덕였어요.

"갑시다!"

호크아이가 말했어요.

웅카스가 잡혀 있는 오두막은 마을 한가운데에 있었어요. 호크아이는 곰의 탈을 쓰고서 곧장 오두막 사이를 뚫고 걸어갔어요. 그때, 보초 네 명이 곰을 보고 말았어요. 하지만 보초들은 움직이지 않았어요. 호크아이가 으르렁거리자 데이비드가 앞으로 걸어 나가 말했어요.

"곰이 포로를 보고 싶어 하는군요."

보초들은 여전히 꿈쩍도 하지 않았어요. 호크아이가 또다시 으르렁거리며 팔을 휘저었어요.

"제 말 안 들립니까? 힘센 곰이 포로를 보고 싶어 한다고요."

데이비드가 다시 말했어요.

그러자 보초들은 잠시 자기들끼리 의논하더니 데이비드

와 호크아이를 오두막 안으로 들여보내 줬어요. 웅카스가
한쪽 구석에서 손과 발이 묶인 채로 있었어요. 그럼에도 웅
카스는 잽싸게 일어나 등에 벽을 대고 섰어요. 호크아이가
작은 소리로 휘파람을 휘휘 불어 신호를 보냈어요. 그 소리
에 웅카스는 진짜 곰이 아니라는 것을 깨달았어요.

"호크아이!"

웅카스가 말했어요.

"웅카스의 묶인 손을 풀어 주세요."

호크아이가 데이비드에게 말했어요. 데이비드가 웅카스의
손을 묶은 밧줄을 푸는 동안, 호크아이는 곰의 탈을 벗었어요.

"잠깐! 밖에는 어떻게 나갑니까? 곰으로 있는 게 현명하지
않겠어요?"

웅카스가 물었어요.

호크아이는 잠시 생각에 잠겼어요.

"그래, 내가 나가서 저들의 주의를 끌겠네. 그사이 자네와
데이비드는 슬그머니 문밖으로 나오게."

그런데 호크아이가 탈을 집어 들다 말고 이내 마음을 바
꿨어요.

"아니네. 자네가 곰의 탈을 쓰게나, 웅카스. 내가 데이비

드로 변장을 하겠네. 데이비드, 당신은 여기 남아서 웅카스
인 척할 수 있겠습니까? 당신은 미치광이로 여겨서 해치지
않을 거예요. 잠시면 될 겁니다."

데이비드가 고개를 끄덕였어요.

"할 수 있습니다. 그렇게 할게요."

호크아이는 피리를 불면서 음악에 맞춰 팔을 흔들며 밖으
로 나갔어요. 곰의 탈을 쓴 웅카스가 그 뒤를 바짝 따랐어
요. 보초들은 그들을 보는 둥 마는 둥 하며 자기들끼리 수다
를 떨기 바빴어요.

호크아이와 웅카스는 금세 숲의 끝자락에 다다랐어요. 그
때 고함 소리가 들렸어요.

"자네가 없는 걸 알게 됐나 보군, 웅카스! 가세!"

호크아이가 말했어요.

호크아이와 웅카스는 변장을 벗어 던지고는 숲속으로 달
려갔어요. 보초들이 소리를 치자 이백여 명의 전사들이 오
두막과 마을 곳곳에서 달려 나왔어요. 이윽고 웅카스가 달
아난 사실을 모두가 알게 되었지요.

큰 오두막에 앞으로 무슨 일이 일어날지 궁금해하는 사람
들이 모여들었어요. 젊은 전사 여럿이 빠르게 마을 주변을

살폈어요. 보초 둘은 데이비드를 오두막으로 데리고 왔지요. 그쯤 되니 덩컨이 병든 소녀를 데려가는 대신에, 포로를 데려갔다는 사실도 밝혀졌지요. 게다가 동굴 안쪽에 묶여 있던 마구아도 발견됐고요.

모든 전사들이 큰 오두막에 모이자 마구아가 앞으로 나와 소리쳤어요.

"모히칸이 달아났다! 누구 짓이지?"

머리가 흰 추장이 데이비드를 가리키며 말했어요.

"호크아이의 짓이 틀림없네. 이 불쌍한 미치광이를 이용했어. 전사들이 호크아이를 쫓고 있다네."

마을 사람들은 분노의 고함을 내질렀어요. 추장은 웅카스와 호크아이를 찾아내라며 더욱 많은 전사들을 보냈어요. 그사이 마구아는 델라웨어 마을에 첩자를 보내 무엇이든 알아보라고 시켰어요. 명령을 받은 전사들이 사방팔방으로 달려갔어요. 나머지 전사들은 집으로 가서 각자 머지않아 다가올 큰 전투를 준비했어요.

동이 틀 무렵, 스무 명의 전사들이 마구아의 오두막으로 들어섰어요. 전투에 나설 준비는 끝났지요. 마구아가 벌떡 일어나 바깥으로 나갔어요. 전사들도 열 맞춰 그 뒤를 따라 개울 아래로 나아갔어요.

개울을 지나칠 때도 마구아와 부하들은 비버 한 마리가 자신들의 움직임을 눈여겨보고 있다는 걸 알아차리지 못했어요. 그건 바로 칭가치국이었어요. 털로 된 가면을 쓰고는 놈들이 내딛는 걸음 하나하나를 관찰하고 있었어요.

16장

마구아의 포로들

그날 아침, 델라웨어족 마을에서는 평소처럼 일상이 흘러 갔어요. 마구아가 도착할 무렵에는 해가 이미 하늘 한가운데에 밝게 떠 있었어요. 마구아는 여기저기를 돌아다니며 모두에게 따스한 인사말을 건넸어요. 그러고는 델라웨어족 추장과 악수를 나눴지요.

"태머넌드 추장님, 포로가 말썽을 부리진 않았습니까?"

마구아가 물었어요.

"전혀 그러지 않았네. 다른 포로들과 함께 조용히 있었다네."

추장이 답했어요.

"사냥은 잘 하셨습니까?"

"아주 잘 했다네."

"선물을 가지고 왔습니다."

마구아가 코라와 앨리스에게서 뺏은 보석 몇 개를 건넸어요.

"고맙구려. 참 잘 왔구먼."

추장이 말했어요.

"이곳 부족 사람들을 해치는 자가 와 있을 겁니다. 이름이 호크아이죠. 다른 포로들과 함께 숨어 있을지도 모릅니다."

마구아가 말했어요.

"호크아이가 왜 우리 부족을 해치려 한단 말인가?"

추장이 물었어요.

"호크아이는 오랫동안 델라웨어족의 적이었습니다. 옳고 그름 따윈 생각도 안 하고 죽이지요."

마구아가 답했어요.

그 말에, 태머넌드 추장은 벌떡 일어나 마을 사람들을 불러 모았어요. 이내 사람들이 큰 오두막에 모여들기 시작했어요. 추장은 끔찍한 소식을 사람들에게 전했어요. 호크아이가 부족 사람들을 여태껏 많이 해쳤고, 앞으로도 해칠 것이니 호크아이를 얼른 찾아내야 한다고요.

한편, 코라와 앨리스는 다른 포로들 틈바구니에서 옹송그린 채 붙어 있었어요. 바로 그 뒤에는 덩컨과 다시 만난 호크아이가 서 있었고요. 호크아이가 옳았어요. 델라웨어족은 그동안 코라의 털끝 하나도 건드리지 않았어요. 그런데 다음 순간, 넷은 이내 델라웨어족 전사들에게 온통 둘러싸이고 말았어요.

태머넌드 추장이 앞으로 걸어 나와 물었어요.

"너희 중 누가 호크아이냐?"

덩컨도, 그 근처에 서 있던 호크아이도 대답하지 않았어요. 호크아이는 그날 아침 일찍 몰래 델라웨어족 진영 안으로 들어와 있었어요. 하지만 웅카스는 함께 오지 않았어요. 웅카스는 일단 숲속에 숨어 있게 했어요.

덩컨이 주위를 휙 둘러보다 마구아를 발견했어요. 그러고는 단번에 알아차렸지요. 마구아가 태머넌드 추장에게 거짓말을 했다는 것을요.

"제가 바로 당신이 찾는 사람입니다. 제가 호크아이입니다."

호크아이가 말했어요.

"아니요, 접니다. 제가 길잡이처럼 안 보이겠지만, 정말로 제가 호크아이입니다."

덩컨이 말했어요.

추장은 번갈아 덩컨을 봤다가 호크아이를 봤다가 했어요.
둘 다 자기가 호크아이라고 하니 혼란스러웠지요.

"우리 형제인 마구아가 말하길, 뱀 한 마리가 이곳에 몰래
들어왔다고 하더군."

태머넌드 추장이 고개를 돌려 마구아에게 물었어요.

"누가 호크아이인가?"

마구아가 진짜 호크아이를 가리켰어요.

그러자 덩컨이 외쳤어요.

"늑대 같은 저 마구아의 말을 믿는 겁니까?"

추장이 덩컨에게로 몸을 돌렸어요.

"자네는 길잡이보다는 군인처럼 보이는구먼. 이제야 확실
히 보이는군. 이자가 호크아이일세."

추장도 덩컨 바로 뒤에 서 있던 호크아이를 가리켰어요.

"마구아가 무슨 말을 하려는지 들어 보세나."

마구아가 사람들 앞으로 걸어 나왔어요. 모든 포로를 위
아래로 휘리릭 쳐다보고는 연설을 시작했어요. 퍽 설득력이
있는 말들이었어요. 하지만 여전히 태머넌드 추장은 왜 마

구아가 그곳에 왔는지가 궁금했어요.

"정의 때문입니다. 내 형제를 죽인 포로를 델라웨어족이 데리고 있으니까요."

마구아가 대답했어요.

태머넌드 추장이 고개를 끄덕였어요.

"정의는 중요하지. 포로를 데리고 가게. 더는 연설할 필요 없다네."

마구아의 부하 다섯이 사람들 틈에서 나와 덩컨과 코라, 호크아이 그리고 앨리스를 붙잡았어요.

"잠깐만요! 추장님, 당신은 너그럽고 공정하시잖아요. 그러니 부디 마구아의 거짓말을 믿지 마세요."

코라가 외치고는 털썩 무릎을 꿇었어요.

"마구아의 손에 끌려가면 저희는 다 죽게 될 거예요."

태머넌드 추장은 다정한 눈빛으로 코라를 쳐다봤어요. 그러자 코라가 이어 말했어요.

"저를 살려 달란 말이 아닙니다. 제 동생 앨리스를 구해 주세요. 저흰 그저 늙은 아버지의 딸들일 뿐입니다. 이 짐승 같은 마구아가 아버지에게서 딸을 빼앗아 가게 두지 말아 주세요. 추장님도 누군가의 아버지시잖아요? 그러니 이해하시겠죠?"

"난 부족의 아버지라네."

추장이 말했어요.

"그렇다면 제발 다른 부족 사람의 말도 들어 봐 주세요. 그 사람 말이라면 진실을 이해하실 수 있을 거예요. 마구아가 저희를 데려가기 전에, 제발요."

태머넌드 추장이 끄덕였어요.

"그자를 오라 하게."

호크아이가 신호를 보냈어요. 코라와 앨리스, 덩컨은 웅카스가 오기만을 기다렸어요. 하지만 들리는 거라곤 나뭇잎 사이로 불어오는 바람 소리뿐이었어요.

얼마 뒤, 웅카스가 둥그렇게 모여 있던 사람들 한가운데로 모습을 드러냈어요. 앞으로 천천히 걸어 나와 태머넌드 추장 앞에 앉았어요. 추장과 웅카스는 한참 동안 이야기를 나눴어요. 하지만 웅카스의 말에도 늙은 추장은 그간 있었던 모든 일을 이해하지 못했어요. 그러다 실랑이가 벌어졌고, 델라웨어족 사람 몇몇이 웅카스의 옷을 잡아당기다가 그만 웅카스의 윗옷을 벗기고 말았어요.

웅카스의 작은 거북 문신을 보자마자 사람들이 싸움을 멈췄어요. 그건 바로 모히칸족의 상징이었기 때문이었어요.

"넌 누구냐?"

태머넌드 추장이 물었어요.

"칭가치국의 아들, 웅카스요."

"그럴 리가! 정녕 너란 말이냐? 위대한 모히칸의 아들이 여기에? 웅카스, 과거에 대해서 진실만을 말해야 한다. 우린 네 부족 모두가 사라졌다고 생각했다."

젊은 전사, 웅카스가 고개를 끄덕였어요. 웅카스는 추장에게 호크아이에 대해서, 호크아이가 자신과 아버지에게 어떤 친구였는지 그 모든 것을 털어놓았어요. 마구아에 대해서도 말해 줬지요. 불쌍한 코라와 앨리스에게 저지른 못된 짓까지 전부 말이에요.

말이 끝날 무렵, 웅카스는 모두를 풀어 달라고 추장을 설득했어요. 하지만 마구아는 코라 없이는 떠나지 않겠다고 으름장을 놓았지요. 추장은 평화를 위해서라면 그 정도 작은 대가는 치러야 한다고 웅카스에게 말했어요.

"안 됩니다. 코라 대신에 날 데려가시오."

호크아이가 앞으로 나와 말했어요.

마구아가 잠시 머뭇거리더니 맞받아쳤어요.

"넌 필요 없어, 이 늙은 길잡이야."

마구아는 코라를 바짝 잡아당기더니 마을 밖으로 끌고 갔어요. 숲속으로 사라지는 둘을 온 마을은 지켜만 보고 있었어요.

마구아와 코라가 눈에서 멀어지자 웅카스는 화를 삭이려 자리에서 벗어나 오두막 안으로 들어갔어요. 얼마 뒤, 웅카스는 큰 소리로 외치며 오두막에서 뛰쳐나오더니 나무에다 도끼를 휙 날렸어요. 마을 사람들에게 할 말이 있다는 신호였지요.

웅카스는 멋지게 연설을 했어요. 자신과 호크아이와 함께 싸워 달라며 델라웨어족 전사들을 설득했어요. 마침내 델라웨어족의 최고 길잡이 둘이 나섰어요. 나머지 전사들은 웅카스의 지시가 있을 때까지 진영에서 기다리기로 했어요.

덩컨은 다치지 않겠다고 앨리스에게 약속한 다음 호크아이와 함께 코라를 되찾아 오려 떠났어요. 작은 무리는 숲속으로 살금살금 들어갔어요. 휴런족 첩자들과 마주치지 않으려 조심조심했지요. 그들은 금세 휴런족 진영을 찾아냈어요. 전사 하나가 그들 쪽으로 막 총을 쏘려던 참이었어요. 그때 호크아이가 말했어요.

"기다려! 저 사람은 노래 선생, 데이비드 개멋이야."

데이비드가 비틀거리며 다가오자 호크아이가 황급히 뛰쳐나가 괜찮은지 물어봤어요. 데이비드는 힘없이 중얼거렸어요.

"뭐라고 했소? 저쪽에 몇이 있다고?"

호크아이가 물었어요.

"꽤 많아요. 게다가 코라가 마구아와 함께 저기에 있어요. 동굴에 갇혀 있어요."

데이비드가 대답했어요.

"동굴에? 아직 구할 수 있는 기회가 있겠구면."

호크아이가 말했어요.

이내 웅카스와 호크아이는 머리를 맞대고 앉아 어떻게 마구아와 부하들을 공격할지 계획을 세웠어요.

델라웨어족 전사들이 덩컨과 데이비드를 따라 숲을 헤쳐 나아갔어요. 그러다 작은 개울에 다다랐어요. 호크아이는 물줄기가 어디로 흐르는지 젊은 전사들에게 물었어요. 전사 하나가 물줄기는 산으로 이어진다고 말했어요.

"저도 그리 생각했어요. 마구아의 흔적이 보일 때까지 물길을 따라갑시다."

호크아이가 말했어요. 그러더니 데이비드를 한쪽으로 데리고 갔어요.

"이들은 전사입니다. 우리를 도와주겠다고 나선 이들이에요. 그러니 당신까지 나설 필요 없어요. 당신은 안전하게 여기 있는 게 좋겠습니다."

호크아이에게 데이비드가 말했어요.

"제 마음이 코라를 도와야 한다고 말하고 있습니다. 코라는 친절하고 상냥한 사람입니다. 그러니 기꺼이 코라를 위해 싸우겠어요."

호크아이가 고개를 끄덕였어요.

"그럼 좋습니다, 갑시다."

무리는 빽빽한 관목 수풀 뒤에 몸을 숨긴 채 움직였어요. 네 발로 기거나 엎드린 채로 가기도 했어요. 몇 분에 한 번씩 멈춰서 숲 소리에 귀를 기울였어요. 눈에 띄지 않게 강까지 쭉 나아갔어요.

"여긴 살아 있는 나무가 몇 없습니다. 비버가 다 갉아먹었나 봅니다. 몸을 숨길 만한 곳이 없으니 조심하세요."

호크아이의 말이 맞았어요. 비버가 만들어 놓은 댐과 작은 연못이 여기저기에 있었어요. 사방에 죽은 나무가 쓰러져 있었고요. 무언가 쩍 갈라지는 소리가 나자 모두 몸을 휙 수그렸어요.

"조심하십시오."

호크아이가 속삭였어요.

그때, '와!' 하고 커다란 함성이 하늘에 울려 퍼졌어요. 휴 런족 길잡이들이었어요! 그들은 호크아이와 일행을 발견하 고는 그 사실을 알리러 도로 자기들 진영으로 달려가고 있 었지요.

"돌격!"

호크아이가 소리쳤어요. 호크아이와 전사들 그리고 덩컨 이 달려들었어요. 엄청난 싸움이 벌어졌어요. 이내 일대일 싸움이 되었어요. 주먹이 휙휙 날아다녔어요! 어디선가 칭 가치국과 먼로 대령이 나타나 옆에서 나란히 싸웠어요.

델라웨어족 전사들에 영국군과 용감한 모히칸족까지 힘 을 합하니 휴런족이 당해 낼 수가 없었어요. 너무나도 벅찼 어요. 급기야 뒤로 물러나고 말았지요!

델라웨어족 전사들은 첫 전투에서 승리를 거뒀어요. 하 지만 부상도 입었지요. 잠깐 한숨 돌리고 난 뒤, 호크아이와 일행은 다시 앞으로 밀고 나갔어요. 그리하여 두 번째 전투가 시작된 것이지요.

칭가치국이 한 무리를 한쪽 방향으로 이끄는 사이, 호크아이와 웅카스는 반대편으로 향하며 싸웠어요. 두 무리는 곧 휴런족 진영 한가운데로 쳐들어갔어요.

불현듯 코라를 끌고 도망치는 마구아가 웅카스의 눈에 들어왔어요. 웅카스는 그 뒤를 쫓았지요. 바람처럼 달리는 웅카스를 본 호크아이가 다급히 따라갔어요.

하지만 웅카스는 너무 빨랐어요. 호크아이가 가까스로 그들을 따라잡았을 때 즈음에는 이미 웅카스는 쓰러져 있었어요. 그 옆에 누워 숨을 거둔 사람은 불쌍한 코라였어요. 마구아가 웅카스와 코라를 죽인 거예요.

도망치려 하는 마구아를 호크아이가 찾아냈어요. 이내 살면서 처음 느껴 보는 분노에 휩싸인 채로 마구아를 뒤쫓았어요. 마침내 산꼭대기에 이르러 마구아를 따라잡았어요.

호크아이와 마구아는 격렬하게 몸싸움을 했어요. 눈 깜짝할 사이에 호크아이가 마구아를 절벽으로 내몰았어요. 호크아이가 마지막으로 주먹을 퍽 날리자 마구아가 깎아지른 절벽 아래로 떨어져 죽고 말았지요.

17장
마지막 모히칸

까마귀 수백 마리가 나무 높이 푸드덕 날아올랐어요. 그 아래에 있던 사람들은 슬픔에 젖어 있었지요. 이날에는 어떤 승리의 노래도 들리지 않았어요. 델라웨어족 모두가 마을 한가운데에 둥그렇게 모여 섰어요. 그렇게 코라와 웅카스가 하늘에서 편히 쉬기를 빌었어요.

칭가치국은 당당하게 서 있었어요. 무척 슬픈 마음이었지만 용감한 아들, 웅카스가 자랑스러울 따름이었어요. 찬가를 부르는 데이비드의 노랫소리가 나무 사이로 울려 퍼졌어요. 먼로 대령은 소리 높여 슬피 울었어요. 그런 아버지를 앨리스가 위로했어요. 이내 덩컨이 먼로 대령과 앨리스를 이끌고 떠났어요. 마침내 고향으로 돌아가게 된 것이지요.

칭가치국은 몸을 돌려 호크아이에게 말했어요.

"난 이제 혼자라네."

호크아이는 나이 든 모히칸의 어깨에 손을 얹었어요.

"혼자가 아니에요, 칭가치국. 웅카스는 떠났을지 몰라도, 당신은 결코 혼자가 아니에요."

그렇게 두 남자는 고개를 푹 숙인 채 흐느꼈어요.

어떻게
생각하나요?

생각을 나누어 보아요

재미있게 책을 읽었나요? 이제 여러분이 읽은 책에 관한 질문이 조금 있다가 나올 거예요. 하지만 이건 시험이 아니랍니다! 여러분이 이야기 속의 인물, 장소, 사건을 여러 각도로 바라볼 수 있도록 도와주는 질문들이지요. 특별히 정해진 답은 없답니다. 다음 질문에 여러분의 의견을 써 보세요. 이 이야기와 여러분 자신에 관해 더 많은 것을 알아내는 즐거움을 누릴 수 있답니다.

1. 이 이야기 속 인물들은 사랑하는 사람들을 위해 자신의 목숨도 기꺼이 내놓지요. 여러분 자신도 용감한 사람이라 생각하나요? 지금껏 한 일 중 가장 용감한 일은 무엇인가요?

----

2. 호크아이와 칭가치국, 웅카스는 왜 덩컨과 자매를 요새까지 데려다주겠다고 했나요? 여러분이 그 입장이라면 어떻게 했을 건가요?

----

3. 호크아이는 데이비드에게 노래를 가르치는 일을 한다니 희한하다고 말했어요. 여러분도 그렇게 생각하나요? 여러분 생각에 가장 이상한 직업은 무엇인가요? 여러분은 크면 무엇을 하고 싶나요?

----

4. 휴런족에게 쫓겨 동굴에 숨어 있을 때, 데이비드는 어떻게 코라와 앨리스의 기분을 좋게 해 줬나요? 여러분은 무섭거나 화가 날 때 무엇을 하면 기분이 좋아지나요?

----

5. 마구아는 먼로 대령이 자신을 무시했기 때문에 복수할 거라 말했어요. 마구아가 그런 일로 복수를 하는 게 당연하다고 생각하나요? 여러분의 생각을 말해 보세요.

----

6. 휴런족의 추장은 한 소녀에게 붙은 혼령을 쫓아내 달라고 덩컨에게 말했어요. 여러분은 혼령이 있다고 믿나요?

----

7. 칭가치국과 웅카스는 아버지와 아들 관계예요. 먼로 대령과 코라와 앨리스 자매는 아버지와 딸 관계고요. 이 두 관계는 어떻게 다른가요? 여러분은 부모님과 어떤 관계인가요?

----

8. 먼로 대령은 왜 항복하기로 했나요? 여러분이 대령의 입장이었다면 어떻게 했을까요? 여러분은 원치 않는데도 다른 사람이 시키는 대로 한 적이 있나요?

---

9. 호크아이는 왜 곰처럼 변장을 했나요? 곰이 호크아이였다는 것을 알고 여러분도 깜짝 놀랐나요? 여러분도 누군가를 속이기 위해 변장을 한 적이 있나요?

---

10. 마구아는 왜 태머넌드 추장에게 호크아이가 델라웨어족을 해치고 있다고 말했나요? 그런 거짓말이 통했나요? 여러분도 무언가를 뜻대로 이루려고 거짓말을 한 적이 있나요?

작품에 대하여

　1826년에 출간된『모히칸족의 최후』는 프랑스와 영국이 북아메리카 대륙을 두고 식민지 쟁탈전을 치르던 1757년을 배경으로 합니다. 두 나라는 원주민 부족을 끌어들여 동맹을 맺어 전쟁에 참전시켰고, 더 나아가 원주민 부족끼리 서로 싸우게 만들기도 했습니다.

　이 이야기는 본디 원주민들의 땅이었던 미국을 개척하고 점령하러 온 유럽의 백인들과 원주민 부족들 간의 관계를 사실감 있게 묘사했습니다. 또한 막강한 힘을 지닌 백인들의 명령에 따라야만 했던 원주민 부족들의 대립과 다툼, 갈등과 희생을 담고 있습니다. 그러면서도 서로 피부색은 다르지만 위기의 상황에서 죽음을 무릅쓰면서까지 서로의 목숨을 구하려 애쓴 원주민과 유럽인의 우정과 사랑을 다루기도 했습니다.

　『모히칸족의 최후』는 백인들의 이기심에서 시작된 싸움 때문에 파괴된 원주민들의 문명과 스러져 간 원주민 부족의 슬픈 운명을 그려 냈습니다. 그래서인지 전 세계적으로 오랫동안 주목받는 작품으로 인정받고 있습니다.

작가에 대하여

제임스 페니모어 쿠퍼(James Fenimore Cooper, 1789~1851)는 미국 뉴저지주의 대지주 아들로 태어나 유복한 집안에서 자랐습니다. 아버지가 변경 지대를 개척하여 정착한 '쿠퍼스타운'이라는 마을에서 자라난 쿠퍼는 개척지와 미개척지, 원주민들의 삶을 자연스레 받아들였습니다. 이러한 유년 시절은 훗날 쿠퍼가 소설을 쓰는 데 탄탄한 밑바탕이 됩니다.

쿠퍼는 판사이며 연방 의원이었던 지식인 아버지의 엄격한 교육으로 예일대학교에 입학하지만 하도 말썽을 피워 퇴학을 당하기에 이릅니다. 그 뒤로 해군에 들어가지만 쿠퍼가 쓴 이야기를 좋아했던 아내의 권유로 본격적으로 소설을 쓰기 시작합니다.

쿠퍼는 역사적인 사실이나 인물을 소재로 하여 자신의 상상력을 덧붙인 역사 소설을 많이 남겼습니다. 1821년 미국 독립 전쟁을 다룬 소설 『스파이』로 인기를 얻게 되었고, 『개척자들』, 『모히칸족의 최후』 등 변경 지대의 백인과 원주민의 관계를 다룬 5부작 소설로 미국 문학사에서 중요한 위치를 차지하게 됩니다.

고전 문학 읽기의 즐거움

첫인상은 매우 중요합니다.

새로운 사람을 만나건 새로운 장소에 가건, 또는 읽을 책을 고르건, 첫인상은 무척 중요하지요. 첫인상이 좋지 않으면 앞으로의 새로운 만남이나 도전에 겁을 먹고 피하게 되니까요.

『모히칸족의 최후』는 전 세계 사람들에게 오랜 세월 동안 사랑받은 이야기예요. 그런 이야기들을 '고전'이라고 부르지요. 여러분은 이 책을 읽고 어떤 첫인상을 받았나요? 이처럼 긴 이야기를 읽을 수 있어서 뿌듯했나요? 또한 이야기를 읽으면서 앨리스, 코라, 덩컨, 웅카스와 좋은 친구가 되었나요?

이처럼 고전은 다양하게 많이 읽을수록 좋아요. 하지만 아이들은 어려운 단어가 많이 나오고 내용이 긴 고전을 쉽게 읽기가 어렵지요. 또한 고전 속 풍부한 사건이나 등장인물들에 대해 이해하기 어려울 수 있어요. 이때 재능 있는 동화 작가들이 고전을 간추려 새로 공들여 쓴 이야기는 어린이들이 쉽고 재미있게 고전을 이해할 수 있도록 도와줘요.

아이들이 고전에 관심을 갖고 자극을 받게 되면 좀 더 다양한 주제와 등장인물이 나오는 고전을 찾게 되지요. 독서 능력이 커지면 커질수록 간추린 고전이 아닌, 내용이 훨씬 길고 어렵더라도 원래 그대로의 이야기를 읽고 싶은 욕망 또한 자연스레 솟아나지요.

고전 문학은 어린이들이 가정과 사회 속에서 자라면서 자기 자신을 더 잘 이해할 수 있게 도와줘요. 이 시리즈는 아이들이 고전을 읽고 활발하게 자기 생각을 토론할 수 있는 질문들도 풍부하게 실었어요. 부모님, 선생님, 친구들과 함께 질문에 대해 생각해 보고 이야기를 나눠 보세요. 우리가 사는 이 시대의 생각들, 지나간 시대에 중요하게 생각했던 가치나 기준들을 비교해 생각해 볼 수 있어요. 그 외매우 다양한 방식으로 고전 문학들을 감상할 수 있답니다.

고전 문학 읽기의 즐거움을 어린이들과 함께 나누고, 진짜 같은 상상의 세계로 안내하는 이 고전 시리즈를 전 세계 어린이들과 함께 즐겨 보세요.

교육학 박사 아서 포버
Dr. Arthur Pober, EdD

다시 쓴 **디애나 맥패든**

평생 책을 가까이 하며 살아왔습니다. 걸으면서도 책을 읽고, 앉아서도 책을 읽고 서서도 책을 읽었어요. 자면서도 책을 읽을 수 있다면 그랬을 거예요. 책을 읽고, 블로그에 글을 올리고, 책을 쓰고, 영화와 텔레비전을 보고, 팝 문화를 즐기고 있어요. 쓴 책으로는 『80일간의 세계 일주』등이 있어요.

옮김 **조현진**

한국외국어대학교에서 스페인어와 영어를 전공했어요. 동대학교 TESOL대학원에서 '영어교육콘텐츠개발' 석사학위를 받았고, 초중등 영어교재 및 콘텐츠 개발하는 일을 했어요. 〈한겨레 어린이*청소년책 번역가그룹〉에서 공부했으며, 옮긴 책으로는 『페이지스 서점』시리즈, 『하늘을 나는 발명왕 마리엘라』, 『멀린 10』등이 있습니다.

그림 **김성용**

대학에서 애니메이션을 공부하다 사회생활을 했습니다. 늦은 나이에 일러스트레이터가 되어 재미있는 책을 만들기 위해 노력하고 있어요. 그린 책으로는 『내 일터는 타워크레인』, 『북적북적 도시』, 『구스범스』등이 있습니다.

추천 **교육학 박사 아서 포버**

유아기 아동과 영재 아동 교육 분야에서 20년 이상 활동했어요. 영재들을 위한 학교로 세계적으로 유서 깊은 헌터칼리지 영재 학교의 교장이었고, 뉴욕시의 25,000명 이상의 청소년들을 위한 특수 학급의 책임자였어요.
또한 미디어와 아동 보호 분야에서 공인된 권위자이며, 현재는 미디어 및 유럽 광고표준 연합을 위한 유럽 협회의 미국 대표예요.